天边外

Beyond the
Horizon

【美】尤金·奥尼尔/著
荒芜/译

奥尼尔
戏剧四种

人民文学出版社

Beyond
the Horizon

场景

第一幕

第一场　　乡下大路。春天某一天黄昏时候。

第二场　　农家。同一天晚上。

第二幕（三年以后）

第一场　　农家。夏天某一天正午。

第二场　　农庄上可以眺望大海的小山顶上。次日。

第三幕（五年以后）

第一场　　农家。晚秋某一天黎明。

第二场　　乡下大路。日出时候。

Beyond
the Horizon

第 一 幕

第一场

　　景：乡下大路的一部分。大路从左前方向右后方斜穿过去，远处可以看见它像一条淡色丝带，在矮矮的、起伏的小山之间，蜿蜒伸向天边。几道用石头垒成的墙和粗糙弯曲的栅栏把新耕种过的田地明显地划分开，成棋盘形。

　　被大路切成三角形的靠前面的那块地是田地的一部分。黑土里生长着秋麦，绿油油一片。一条散漫的乱石坝，矮得不能叫作墙，把这块地跟大路隔开。

　　大路后面有一条沟，沟那边有一道堤岸，斜坡上绿草如茵，堤上有一棵疙里疙瘩的老苹果树，刚刚吐叶，把拗扭的树枝伸向天空，衬托着远方的灰白色，显得黑压压一片。一道栅栏沿着堤岸，经过苹果树下，由左向右横伸过去。

　　五月里的一天，静悄悄的黄昏刚刚开始。天边的小山上还镶着一道红边，山顶上的天空闪耀着红霞。随着表演的进行，红光逐渐暗淡下去。

〔幕启时，罗伯特·梅约坐在栅栏上。他是个高高的、细长的青年人，二十三岁。饱满的前额和大而黑的眼睛带有一种诗人的神气。他的容貌清秀文雅，嘴和下巴的线条显出他意志薄弱。他身穿灰色灯芯绒裤子，裤脚塞在长筒皮靴里，一件青色法兰绒衬衫，打了一条色彩鲜艳的领带。他正就着落日余光读一本书。他合上书，把一个手指头插在刚读过的地方，转过头朝着天边，目光越过田野小山，眺望出去。他的嘴唇微微张动，好像他暗自背诵什么。

〔他的哥哥安德鲁从右边沿着大路走来，从地里干活回来。他二十七岁，跟罗伯特相反，是又一种类型的人——粗壮，古铜色，有一种魁梧的男性美——一个农家的孩子，聪明能干，但是没有一点文才。他穿一件工装裤、皮靴、一件灰色法兰绒敞领衬衫，戴一顶泥污的软帽，推在脑后。他停下，靠在手里拿的锄头上，跟罗伯特说话。

安德鲁　（看见罗伯特没有注意到他来到跟前，大喊一声）喂！（罗伯特吓了一跳，回过头来，看见是哥哥，他微笑了）嗨，你真是个第一流的白天做梦的人！我知道你又带一本旧书来啦。（他跨过沟，坐在罗伯特身边的栅栏上）这一次带的是什么，诗，我敢打赌。（他伸手要书）让我看看。

罗伯特　（很不愿意把书递给他）当心，别把它弄脏了。

安德鲁　（瞟瞟他的双手）不脏，是最干净的好泥土。（他翻了几页，默默念了几句，于是发出厌恶的声音）哼！（他故意地朝他弟弟嘻嘻一笑，然后用一种悲哀的、唱歌的腔调朗诵起来）"我爱上了风和光和明亮的大海。可是神圣而最不可侵犯的夜呀，不像我爱您爱得那么厉害。"[1]（他把书递回去）来！拿去埋起来吧。我猜，因为你在大学念了一年书，你才爱上那种玩意儿。我真高兴，我念到高中就不干了。要不然我也许会同样发疯。（他笑嘻嘻地在罗伯特背上亲热地拍了一下）想想看吧，我一面读诗一面耕地那副模样！我敢打赌，牲口会跑掉的。

罗伯特　（大笑）或者想想看我在耕地。

安德鲁　去年秋天你就该回到大学去，我知道你想回去。你干那种事合适，就像我不合适一样。

罗伯特　安德鲁，你知道我为什么没回去。爸不喜欢，尽管他嘴里不说；我知道他想拿那笔钱来整顿农场。还有，你别看我整天读书，我并不想当一名大学生。我目前想干的是到处跑跑，不在哪一个地方扎根。

安德鲁　好吧，明天就要动身的旅行会叫你跑个不停的。（一提到旅行，他们俩都默默不语。一顿。最后还是安德鲁打破冷场，尴尬地装出一副随随便便的样子）舅舅说，你一走要三年哪。

罗伯特　他估计差不多要三年。

安德鲁　（闷闷不乐地）时间相当长哪。

罗伯特　仔细一想，并不算长。你知道，"圣代号"要绕合恩角先到横滨，就一条帆船来说，那就是很长的航程了。要是我们还要到迪克舅舅说的其他一些地方——印度、澳大利亚、南非、南美——那些航程也是很长的。

安德鲁　不管怎么说，你能把那些外国地方都跑一遍，总不坏

---

[1] 引自英国诗人、评论家亚瑟·西蒙斯（1865—1945）的诗《致夜》(To Night)。

吧。(稍停以后)罗伯特,妈会很想你的。

罗伯特 是的,我也会想她。

安德鲁 你一走,爸也不会觉得好受,尽管他装着若无其事。

罗伯特 我看得出来他心里难受。

安德鲁 你可以断定我也不会感到高兴。(他把一只手放在靠近罗伯特的栅栏上。)

罗伯特 (几乎是羞怯地,把他的一只手放在安德鲁的手上)我也知道,阿安。

安德鲁 我想,我会像别人一样想念你。你知道,你和我跟大多数弟兄们不一样,他们总是打架,总是长时期分手,而我们只有兄弟俩,始终在一起。我们跟他们不同。所以分起手来,特别难受。

罗伯特 (带着感情)请相信我的话,安德鲁,我也感到同样难受!我不愿意离开你和两位老人 —— 可是 —— 我觉得我非走不可。好像那里有什么东西正在叫我 ——(他指着天边)啊,安德鲁,我不知道怎样才能说清楚。

安德鲁 不需要,罗伯特。你想走,那就是一切理由。我可不希望你错过这个见见世面的机会。

罗伯特 你能那么想,真是太好了,安德鲁。

安德鲁 嗨!要是我连这点情分都没有,那我不是成了一个混蛋吗?我知道你多么需要这海上航行,来变成一个新人 —— 我是说,在身体方面 —— 来完全恢复你的健康。

罗伯特 (有点不耐烦)你们大家老是说我身体不好。你们从前看见我生病躺在家里,看惯了,你们就总是认为我是个长期病号。你不知道在过去几年里我的身体已经好起来了。如果我上迪克舅舅的船，只是为了健康的缘故，而没有其他的原因，我宁可待在这里，开始种田。

安德鲁　　不成。种田不是你的天性。我们两人对于农场的看法完全不同。你呀——哼，你喜欢的是家庭的那一部分；作为工作和生产的地方，你讨厌它。是不是？

罗伯特　　是的，我想是那样。对你来说，那就不一样了。你是个彻头彻尾的梅家后代。你跟土地结了缘。你也是土地的产品，正像一株麦穗、一棵树一样。爸也是那样。这个农场就是他一生的工作。当他知道，梅家的另一个子孙，怀着同样的热爱，将要继承他遗留下来的工作，他是幸福的。我能够理解你的态度，爸的态度；而且我认为那是了不起的，真诚的。不过我——哼，我可不是那样的人。

安德鲁　　对了，你不是；不过讲到理解的话，我想我知道你有自己的观察世事的角度。

罗伯特　　我怀疑你真知道。

安德鲁　　（自信地）当然我知道。你见过一点世面，你就觉得农场太小了，你想去看看整个大世界。

罗伯特　　还要多一些，安德鲁。

安德鲁　　噢，当然。我知道你要学航海和船上的一切，好做个海员。那也是很自然的事。我想，海员的薪水是相当高的，当你考虑到你总算有了一个家，又有了吃的和喝的时候，还有，如果你想旅行，你可以到你想要去的任何地方，不用花一个船钱。

罗伯特　　（苦笑）还要多一些，安德鲁。

安德鲁　　当然啰。在某些外国港口或其他地方，常常有好机会给你碰上。我听说在那些刚开放的新兴国家里,一个青年人只要睁着眼睛,总会碰到好机会的。(愉快地)我敢说你心里一直在打着这个算盘,尽管你不言不语!(他笑着拍拍他弟弟的背)好吧,要是你突然成了百万富翁,常常回来看看,我会向你募捐的。我们可以在这个农场上花一大笔钱,对它只会有好处,不会有什么害处。

罗伯特 (勉强一笑)安德鲁,生活实际方面的事,我一分钟都没想过。

安德鲁 啊,应该想。

罗伯特 不,不该想。(指着天边,做梦似的)假如我告诉你,叫我去的就是美,遥远而陌生的美,我在书本里读过的引人入胜的东方神秘和魅力,就是要到广大空间自由飞翔、欢欢喜喜地漫游下去,追求那隐藏在天边以外的秘密呢?假使我告诉你那就是我出门的唯一原因呢?

安德鲁 我得说你是个傻瓜。

罗伯特 (皱眉)别开玩笑,安德鲁。我说的是正经话。

安德鲁 那么你还是待在这儿好,因为你追求的东西,我们农场全有。空间大极了,天晓得有多大;你走一里路,走到海边上,大海全是你的,要多少有多少;可看的天边多得很,美也够多的,除了在冬天。(嬉笑)至于神秘和魅力嘛,我也没有碰见过,大概躲在附近什么地方。我要叫你知道,这是一个第一流的农场,各种设备齐全。(大笑。)

罗伯特 (也不由自主地跟着笑起来)跟你讲也没用,你这个笨蛋!

安德鲁 上了船你最好不要跟迪克舅舅讲什么怪事,否则他会把你当作倒霉鬼,把你丢到海里的。(他从栅栏上跳下)我得赶回去，洗洗干净，露斯的妈要过来吃晚饭哩。

罗伯特 （直截了当地，几乎是尖酸地）露斯也来吧。

安德鲁 （慌张，东张西望，避开罗伯特，装作不相干的样儿）是的，露斯也要来。哼，我想，我得赶快走啦——（他一面说，一面跨过沟走上大路。）

罗伯特 （他好像正和内心的某种强烈感情做斗争——冲动地）等一等，安德鲁！（他从栅栏上跳下）有点事我想——（他突然打住，咬着嘴唇，脸色变红了。）

安德鲁 （面对着他；半挑衅地）什么？

罗伯特 （慌张地）哼，不要紧，没关系，没有什么。

安德鲁 （目不转睛地望着罗伯特掉转开去的脸，过了一会儿以后）也许我猜得出——你要说的是什么——不过我想，你不说出来是对的。（他拉着罗伯特的手，紧紧握了一下；兄弟俩站在那里面面相觑了一会儿）罗伯特，那是没法儿的事。（他突然放开罗伯特的手，转身走开）你马上就来，是不是？

罗伯特 （闷闷地）是的。

安德鲁 那么，等会儿见。（他向左边大路走去。罗伯特望着他的背影，望了一会儿；随后又爬上栅栏，眺望小山，脸上带着深为痛苦的表情。过了一时，露斯从左面匆匆上场。她是一个健壮的、金发的农家姑娘，二十岁，身材优美、苗条。她的脸，尽管近于圆溜溜，却很美丽。深蓝色大眼睛和风吹日晒的古铜脸色成为强烈对照。娇小玲珑的容貌中带有一种力量——一种深沉、坚强的意志力隐藏在坦率动人的青春魅力后面。她穿一身纯白衣裳，没戴帽子。）

露斯 （看见罗伯特）哈啰，罗伯特！

罗伯特 （吃惊）哈啰，露斯！

露斯　　（跳过沟，坐在他旁边栅栏上）我正在找你哩。

罗伯特　　（直截了当地）安德鲁刚才离开这里。

露斯　　我知道。刚才，我在大路上碰见了他。他告诉我，你在这里。（温情地调皮地）你以为我在找安德鲁，你这个机灵鬼，我并不是在找他。我是在找你。

罗伯特　　因为明天我就要走了吗？

露斯　　因为你妈急等着你回家，叫我找你。我刚刚用小车把我妈推到你家去。

罗伯特　　（敷敷衍衍地）你妈好吗？

露斯　　（一丝阴影掠过她的脸）老样子。好像从来不见好，也不见坏。罗伯特，我真希望她逆来顺受，得过且过。

罗伯特　　她又在跟你唠叨了吗？

露斯　　（点头，随后发作起来，抗议地）她总是唠唠叨叨。不管我替她做什么，总要挑错。要是爸还活着——（她不说了，好像因为她的感情冲动而感到不好意思）我想我不应该这样抱怨。（叹气）可怜的妈，天晓得她是多么难受。我想，一个人寸步难行，自然要发脾气。噢，我真想跑到什么地方去——像你一样！

罗伯特　　留下为难，走开，有时候也不容易啊。

露斯　　瞧！我多傻气！我赌咒不提你出门的事——要等到你走了以后才说；现在一张嘴，就说了出来！

罗伯特　　为什么你不愿说呢？

露斯　　因为这是你在家的最后一个晚上，我不愿意把它破坏了。噢，罗伯特，我会——我们大家都会非常想你。你妈到处乱转，好像随时会哭出来似的。你知道我心里多难受。安德鲁和你和我——我们似乎总是在一块的。

罗伯特 （勉强微笑）你和阿安还会守在一起，我没有一个亲人才格外难过。

露斯 可是你会看到新的风光、新的人，感到开心；我们还是待在这里，一天到晚跟平凡的老地方打交道，才无聊哩。偏偏你又在这个时候走，春天啦，一切都变得这么美妙。（叹气）我本来不应该讲这种话的，因为我知道对你来说，出门是一件最好的事。你爸爸说，你一定会找到各种各样的上进机会。

罗伯特 （冒火）我才不在乎那个哩！爸爸想到的那种世界上的大好机会，就是迈过大路就能捡到，我也不会去干。（他因为自己生气好笑起来）露斯，请原谅我发脾气。因为安德鲁已经跟我讲了一大堆实际利益了。

露斯 （慢慢地困惑地）那么，如果不是——（突然紧张起来）——噢，罗伯特，你为什么想走呢？

罗伯特 （赶快转身对着她，吃惊地——慢慢地）你为什么要问那个，露斯？

露斯 （在他的探索眼光之下低下头）因为——（不让人信服地）太不应该了。

罗伯特 （追问）为什么呢？

露斯 噢，因为——一切。

罗伯特 现在即使我不想去，也不能抽身了。过了不久，我就会被忘记的。

露斯 （气愤）不会的！我就永远不会忘记——（她打住，转过头去掩饰她的窘态。）

罗伯特 （温柔地）你答应不会忘记我吗？

露斯 （躲躲闪闪地）当然。你以为我们会那么容易把你忘记，可不像话呀。

罗伯特　（失望地）噢！

露斯　（故作轻松）你还没有告诉我，你要出门的理由。

罗伯特　（闷闷不乐地）我不知道你会不会懂得。就是对我自己也不容易解释清楚。也许你感觉得到，也许你感觉不到。我记得我第一次感觉到的时候，我还是个娃娃。你没有忘记，那些年代我是个多病的孩子吧？

露斯　（打了一个寒战）不要去想那些吧。

罗伯特　一定要想，你才会懂得。那些年里，妈妈做饭的时候，为了不碍事，把我坐的椅子推到西面窗口，叫我向外看，不要闹。那并不难。我想我向来是安静的。

露斯　（怜惜地）是的，你向来安静——你也受了那么多的苦！

罗伯特　（沉思地）所以我常常越过田野，眺望那边的小山——（他指着天边）过了些时，我就忘记了我身上的痛苦，开始做梦。我知道那些小山后面是海——许多人告诉过我——我就常常奇怪，海是个什么样儿，并且想在头脑里形成一幅海的图画。（微微一笑）那时，在我看来，那个遥远的海，无奇不有，现在也还是那样！它当时呼唤我，正像它现在呼唤我一样。（稍停以后）有时我的眼光随着大路弯弯曲曲转到远处，转向小山，好像那条路也在寻找海似的。于是我就许愿，等我长大了，身强力壮了，我就随着那路，跟它一道去找海。（微笑）你瞧，我这次出门只不过是履行以前的诺言。

露斯　（给他讲童年梦想时那种低沉而又有音乐性的声音迷住了）是的，我明白。

罗伯特　坐在窗户跟前做梦，就是当时我的生活中唯一的快乐时刻。那时，我喜欢孤独。各种形色的落日我都记在心里，太阳全都落在那儿——（他指着）天边外面。所以我逐渐相信世界上一切奇迹都发生在小山外面。那里是上演美妙奇迹的漂亮仙女的家乡。我那时相信有仙女的。（微笑）也许我现在还相信。不管怎样，在当年，她们可是千真万确的。有时我确实能听见她们叫我出去跟她们玩，在黄昏时候，叫我到大路上跟她们跳舞、捉迷藏，去寻找太阳藏身的地方。她们跟我唱小曲儿，歌唱那山背后她们家乡一切神奇事情的小曲儿。她们还答应带我去看，只要我能去！可是那时我不能去。有时我哭起来，我妈还以为我因为病痛才哭哩。（他突然大笑）我想，那就是我现在要走的原因。因为我现在还能听见她们在呼唤。但是天边还是和往常一样遥远，一样引人。（他转过身来，对着她——温情地）现在你明白了吧，露斯？

露斯　（入迷，低声地）明白了。

罗伯特　那么，你也感觉到了？

露斯　是的，是的，我感觉到了！（她不知不觉地偎靠到他身边。他的手臂偷偷地搂着她，好像他也没有意识到似的）我怎么能不受感动呢？你讲得那么美！

罗伯特　（突然察觉到他的手臂搂着她，她的头靠在他的肩上，他轻轻挪开他的手臂。露斯惊觉，手忙脚乱）所以现在你知道我为什么要走了。就是为了那个缘故——那个还有另外一个。

露斯　还有另外一个？那你也得告诉我。

罗伯特　（探索地望着她。在他的凝视下，她低下头）我不知道我是不是应该告诉你！不管是什么，你答应不生气吗？

露斯　（轻轻地，她的脸还是扭开的）好，我答应。

罗伯特　（坦白地）我爱你。那是另一个原因。

露斯　（把脸埋在手里）噢,罗伯特!

罗伯特　我本来不想告诉你,但是我觉得我必须告诉你。现在没有什么关系了,因为我要走得那么远、那么久,也许永远不回来了。我爱你爱了这么多年,但是直到我同意跟舅舅走的时候,我并不知道我真的爱你。后来我想到要离开你,那种痛苦像闪电一样启发了我,我爱你,早在我能记事的时候就爱上你了。（他从露斯脸上轻轻拉开她的一只手）露斯,不要把我跟你讲的放在心上。我知道那一切都是办不到的,我还懂得:因为我发觉了我自己的爱情,同时我也就发觉了别人的爱情。我看出了安德鲁爱你,所以我知道你也一定爱他。

露斯　（像暴风雨突然发作）我不爱! 我不爱安德鲁! 我不爱!（罗伯特惊呆了,直瞪着她。露斯歇斯底里地哭起来）是什么东西把这种糊涂念头装进你的头脑里的。（她突然伸出两臂抱着他的脖子,把头贴在他的肩膀上）噢,罗伯特! 不要走开! 你现在一定不要走! 你不能走! 我不让你走! 你走了,我会伤心的!

罗伯特　（痴迷转变为狂喜。他紧紧抱着她——慢慢地、温柔地）你是说,你爱我吗?

露斯　（哭泣）是的,是的,当然我爱你,你怎么想的?（她抬起头来,带着颤巍巍的微笑,注视他的眼睛）你这个傻瓜!（他吻她）我向来就爱你。

罗伯特　（疑惑）可是你和安德鲁总是在一起!

露斯　因为你好像从来不想跟我一块到什么地方去。你老是念一本旧书,一点也不理睬我。我也太骄傲了,不愿让你知道我关心你,因为我想你上了一年大学,自以为有学问,自高自大，就不愿意在我身上浪费时间了。

罗伯特 （吻她）我正在想——（大笑）我们俩都是大傻瓜！

露斯 （突然害怕起来）你不会再走了吧，是不是，罗伯特？你告诉他们，因为我，你不走了，好吗？现在你不能走！你不能走！

罗伯特 （为难）也许，你也可以走。

露斯 噢，罗伯特，别那么傻气了。你知道我不能走。谁照顾妈呢？难道你不明白，为了妈的缘故，我不能走吗？（她抱住他恳求他）请不要走——现在不要走。告诉他们你已经决定不走了。他们不会在意。我知道你妈和你爸都会高兴。大家都高兴。他们不希望你走得那么远。求求你，阿罗！我们一起待在这里十分幸福，这里是我们熟悉的家乡。请告诉我你不走啦！

罗伯特 （面临一个明确的、最后的决定，流露出内心的矛盾）可是，露斯——我——迪克舅舅——

露斯 当他知道，你留下是为了你的幸福，他不会在乎的。他怎么会呢？（看见罗伯特默默不语，她又哭了起来）噢，罗伯特！你说过——你爱我的！

罗伯特 （被这种要求征服了，声音里显出下定决心）我答应你，露斯。我不走了。好啦！别哭啦！（他紧抱着她，温柔地抚摸她的头发。稍停以后，他说起话来，带着快乐的希望）也许安德鲁是对的——比他知道得更对些——他说我要找的一切东西，在这里，在农场上家里，都能找到。我想那个秘密，从世界边缘上向我呼唤的秘密，天边以外的秘密，一定是爱情；我没去找它，它找我来了。（他紧紧搂住露斯）噢，露斯，我们的爱情比任何远方的梦都要甜蜜！（他热情地吻她，跳到地上，把露斯抱在怀里，带到大路上，然后放下。）

露斯　（快活地大笑）哎呀，你真有劲！

罗伯特　来！我们马上去告诉他们。

露斯　（惊慌）噢，不，不要，罗伯特，等我走了以后再说。大家全都在那里，一定会起哄的。

罗伯特　（吻她，愉快地）随你便吧——有心眼的小姑娘！

露斯　那么，我们走吧。（她拉着他的手，他们开始向左面走去。罗伯特突然停下，转过身来，好像要向小山和正在消逝的落日霞光看上最后一眼。）

罗伯特　（向上看，指点着）瞧！第一颗星。（他俯身温柔地吻她）我们的星！

露斯　（轻轻地低语）是的。我们自己的星。（他们站了片刻，仰头望着星星，他们的手臂互相搂着。随后露斯又拉着他的手，领他走开）来吧，罗伯特，我们走吧。（他半转回身来跟她走，眼睛又一次注视天边。露斯催他）罗伯特，我们要赶不上晚饭了。

罗伯特　（急不可耐地摇着，好像要摆脱什么恼人的思想——笑着）好吧。那么我们跑吧。来！（他们笑着跑下。）

〔幕落〕

第二场

景：同一天晚上九点钟，梅约农场的会客室。左方有两扇窗户可以望见田野。两窗之间，靠墙放了一张老式核桃木书桌。后面左角里放了一个带镜子的碗橱。碗橱右边后墙上有一扇窗户可以望见大路。窗户旁边有一扇门通庭院。更向右，放了一张用马鬃填的黑色沙发，沙发旁边又有一扇门通卧室。右墙角放了一张靠背椅。右墙中央有一扇门通厨房。更靠前面，有一个两用煤炉和煤桶等等。新铺了地毯的会客室中央，有一张橡木餐桌，桌上盖了红色桌布。桌中央有一盏大煤油灯。餐桌四周放了四把椅子——三张摇椅，椅背上铺着挑花的小罩布，还有一张靠背椅。墙上糊着涡形花纹的深红色壁纸。

室内一切东西都整洁，放得恰得地方，没有一点拘谨的感觉。全家有一种安闲舒适朴直的气氛，那是大家通力合作，从勤劳兴旺中共同得来的。

〔詹姆斯·梅约、他的妻子、他的妻舅迪克·司各特和安德鲁都在屋里。梅约的身材和相貌跟他的儿子安德鲁一模一样——他是个六十五岁的安德鲁,生着短短、整齐的白胡子。梅约太太是个小个儿、圆脸、一本正经的女人,她五十五岁,一度当过教员。农家妇女的劳动使她操劳,但是并没有压垮她。她的言谈举止还保存梅约家庭所没有的那种温文尔雅。罗伯特跟他父母的相似处可以从她身上找出根源。她的哥哥船长是个矮矮粗壮的人,有一张久经风霜和快乐的面孔,一绺白髭——一个典型的老水手,说起话来声音很响,指手画脚。他五十八岁。

〔詹姆斯·梅约坐在餐桌前面,戴着眼镜,膝头放着一本正在读的农业杂志。船长坐在后面一张椅子上,身子向前探,两手放在面前的桌子上。安德鲁靠在左边的靠背椅上,下巴抵在胸口上,眼睛瞅着地毯,皱着眉头,若有所思。

〔幕启时,船长刚说完一个海上的故事。人们装着感兴趣,脸上却摆着一副心不在焉的表情。

船长 (咯咯地笑)那个女教士,当我靠岸时,在码头上跟我招呼,她说——她那张傻里傻气的脸绷得紧紧的,严肃得像裁判官一样——"船长,"她说,"劳驾请告诉我海鸥夜里在什么地方睡觉?"这要不是她的原话,我情愿天诛地灭!(他用双掌拍桌子,放声大笑。其他的人也强作微笑)真是个傻瓜女人的问题,是不是? 我也就非常严肃地望着她。"太太,"我说,"我可没法正确地答复那个问题。我还没见过一个睡在铺位上的海鸥哩。等下一次我听见海鸥打鼾时,我一定记下它睡在什么地方,再写信告诉你吧。"随后她骂我是个真正不怀好意的笨蛋，赶快离开了我。(他又轰然大笑起来)我就是那么打发她走的。(其他的人微笑，但马上又郁郁不乐了。)

梅约太太　　(心不在焉——觉得她得说点什么话)既然说起海鸥来，究竟它们睡在哪儿呢，迪克？

司各特　　(拍桌子)哈！哈！听听她，詹姆斯。又是一个！哼，你这一问真把地狱都问住了——请原谅我又发誓了，凯特。

梅约　　(眨着眼睛)它们卸下翅膀，铺在波浪上当一张床。

司各特　　然后告诉鱼儿，到了应该起身的时候，给它们打个口哨。哈！哈！

梅约太太　　(强笑)你们男人真是太聪明了。(她又缝起衣服来。梅约假装读杂志。安德鲁瞅着地板。)

司各特　　(莫名其妙地看看这个又看看那个。最后再也受不了那死气沉沉的静默了，脱口说)你们好像正在装裹一具死尸似的。(故作关心地)上帝啊，难道这里死了人吗？

梅约　　(严厉地)迪克，别胡说八道了！你跟我们同样清楚，我们并没有什么兴高采烈的事。

司各特　　(辩驳地)我也看不出有什么披麻戴孝的事呀。

梅约太太　　(愤怒地)你怎么可以说出那种话来，迪克·司各特。你不是要带着我们的罗伯特，深更半夜，离开我们，准时去搭你那条老船吗？我想也许你会等到明天早晨，让他吃了早饭再走吧。

司各特　　(无可奈何地向大家求情)你们看，那岂不是女人家的见识吗？上帝啊，凯特，我不能命令潮水，要它按照我的意思，高涨起来。我熬夜受罪，等到六击钟就去开船，又有什么好玩的。(抗议地)还有，"圣代号"并不是一条老船——至少，不算太老——她和往常一样漂亮。

梅约太太 （嘴唇发抖）我希望罗伯特不走。

梅约 （从眼镜上方瞧她——安慰地）好啦，凯特！

梅约太太 （反抗地）哼，我真的不希望他走！

司各特 照我看来，你不应该太难过。这次航行会使他成器。我会尽心教他学习航海。叫他很快就能领到一张大副的证书，要是他愿意旅行的话，他这一辈子就有了一个职业。

梅约太太 不过我不希望他旅行一辈子。这次航行一结束，你一定要把他带回家来。那时他的身体就会完全好了，他就会想——结婚——（安德鲁坐在椅子里身子突然朝前一俯）——在这里安安稳稳住下去。（她瞅着膝头上的针线活——一顿）我没有想到，让阿罗出门，会使我这样难过。否则的话，我连一分钟都不考虑。

司各特 凯特，现在一切都定下了，老是那么嘀嘀咕咕有什么好处。

梅约太太 （几乎要哭出来）你当然可以那么说。你从来没有过孩子。你不知道跟他们分别是个什么滋味——何况罗伯特又是我最小的一个。（安德鲁皱皱眉头，在椅子里烦躁不安。）

安德鲁 （突然转身面向他们）有一件事，好像你们谁也没有考虑过——那就是罗伯特自己要去。他是下定了决心的。自从这次航行第一次提了出来，他就一直梦想出去。不让他走是不公平的。（好像他突然感到不安）要是他的想法还是像今晚上他跟我说的那样，不让他走，至少是不公平的。

梅约 （带一种决定的神气）凯特，安德鲁说得对。你看得出来，一切争论都可以结束了。（看看他的大银表）不知道罗伯特是怎么事事？他推车送那位寡妇太太回家实在太久啦。今儿是他最后的一个晚上，难道他还能跑出去望着星星做梦吗？

梅约太太 （微带责备口气）安德鲁，今晚上你为什么不推艾特金太太回去？往常她和露斯到家来，总是你送的。

安德鲁 （避开她的目光）我想今晚上罗伯特也许想去。她们走时，他马上提出来要送她们。

梅约太太 那只是为了礼貌的缘故。

安德鲁 （站起来）我想，他就会回来的。（转身向他的父亲）爸，我想去看看黑牛——看它是不是还在痛。

梅约 对——最好去看看，孩子。（安德鲁走进右边的厨房。）

司各特 （他出去时——放低声音说）这个小伙子会成为一个好样儿的棒水手——要是他愿意干的话。

梅约 （严厉地）迪克，你可不要把那种糊涂念头装进安德鲁的脑袋里——要不然我们会扯皮的。（随后他微微一笑）你引诱不了他，你没办法。安德鲁从骨子里是个梅家的人，他是个天生的庄稼汉，而且还是一个好极了的庄稼汉。他会像我所盼望的那样，生在这个农庄上，死也死在这个农庄上。（带着自豪的信心）要不了多久，他就会把这个农庄变成本州最漂亮、最有出息的一个农庄！

司各特 我看现在就已经是个很漂亮的地方了。

梅约 （摇头）太小了。我们需要更多的土地，使它变得更了不起，可惜我们没有买地的本钱。（安德鲁从厨房进来。他戴了帽子，手里提了一盏点亮的风灯，走向通到外面去的后门。）

安德鲁 （打开门，停下）爸，还有什么别的事要做吗？

梅约 没有，想不起来还有什么。（安德鲁走了出去，关上门。）

梅约太太　（稍停）不知道今晚阿安是怎么回事。他的举动那么古怪。

梅约　他确实有点闷闷不乐、无精打采。我想是因为罗伯特就要走了吧。（向司各特）迪克，你不会相信我的两个孩子彼此多么亲热。他们跟一般的兄弟们不同。他们向来是相亲相爱的，从来没有吵过一次架。

司各特　你用不着告诉我。我能看出来他们是多么要好。

梅约太太　（追踪她的思路）詹姆斯，你注意到了吗？他吃晚饭时，每一个人都多么古怪。罗伯特好像为了什么事很激动；露斯又是满脸通红，咯咯地笑；安德鲁坐在那里一言不发，好像他失掉了最好的朋友；他们三个都只吃了一点儿东西。

梅约　我想他们都在想着明天的事，像我们一样。

梅约太太　（摇摇头）不对。我想恐怕出了什么事——出了别的什么事。

梅约　你是说——跟露斯有关吗？

梅约太太　是的。

梅约　（稍停——皱眉）我希望她和安德鲁没有闹什么大别扭。我早就希望他们两个早晚定上亲。迪克，你说呢？你不认为他们是很好的一对吗？

司各特　（点头表示赞成）他们会成为很美满的一对。

梅约　对阿安来说，这件事有许多好处。我不是人们所说的精打细算的人；我还认为年轻人的婚事，应让他们自己做主。不过这件婚事对于双方都有不可轻视的利益。艾特金农庄紧挨着我们。两家合并起来，这一块地方就相当可观，就有很多的事可干了。艾特金太太是个寡妇，只有一个独生女儿，又长期生病，应付不了田里要做的事。她需要一个男人，一个第一流的庄稼汉，来管事；安德鲁正是她需要的人。

梅约太太　（陡然地）我不认为露斯会爱上安德鲁。

梅约　你不认为？好吧，在这些事情上，一个女人的眼睛也许看得更尖锐些，不过，他们总是在一块儿。如果她现在还不爱他，到了一定时候，她会改变过来的。（梅约太太摇头）凯特，你好像很有定见似的。你怎样知道的呢？

梅约太太　只不过是——我的感觉罢了。

梅约　（若有所悟）你的意思是说——（梅约太太点头。梅约轻蔑地咯咯笑了）笑话！我觉得你的眼力并不高明。罗伯特没有时间去追露斯，不过是普通朋友罢了。

梅约太太　（警告）嘘——嘘！（通向庭院的门开了，罗伯特走进来。他快乐地微笑着，哼着一支歌，可是当他一进屋来，他的态度上便流露出一种隐然不安的神情。）

梅约　到底回来了！（罗伯特走上前来，在安德鲁坐的椅子上坐下。梅约对他的妻子暗暗微笑）这一阵子你在干什么来着——又在数星星，看它们是不是全都出来了吧？

罗伯特　爸，从今以后我要找的就只有一颗了。

梅约　（责备地）就连那一颗你也不应该浪费时间去找它——今天晚上是你最后的一个晚上。

梅约太太　（好像是在跟一个娃娃说话）晚上这么凉，你应该穿一件外衣出去，罗伯特。

司各特　（厌烦地）上帝啊，你把罗伯特还当作一周岁的娃娃看待哪，凯特！

梅约太太　（注意到罗伯特精神上的不安）罗伯特，你好像为了什么事很激动,什么事呢?

罗伯特 （费劲地咽气,把每一个人都飞快地看了一眼 —— 然后下决心说出来）是的,是有点事 —— 我一定要告诉你们 —— 你们大家。（当他开始说话的时候,安德鲁悄悄地从后门进来,随手带上门,把那盏灯放在地板上。他站在门口,叉着两臂,听罗伯特说话,脸上有一副忍痛的表情。罗伯特只顾说话,没有注意到安德鲁在场）有件事只在今天晚上我才发现 —— 美极了,妙极了 —— 我以前没有考虑过,因为我不敢希望这种幸福会落在我的头上。（恳求地）请你们大家一定要记住这个事实,行不行?

梅约 （皱眉）言归正传吧,孩子。

罗伯特 （带一丝挑战口气）好吧,事情是这样的。爸,我不走了 —— 我是说 —— 我明天不能跟迪克舅舅走了 —— 将来也不走了。

梅约太太 （尖声叹了一口气,高兴地放心了）噢,罗伯特,我高兴极了!

梅约 （惊讶）你不是当真的吧,罗伯特?（严厉地）我看,今天晚上到了这个时候,你突然把一切计划都推翻,已经太迟了。

罗伯特 我请你记住,直到今天晚上我自己才知道。我从来不敢去梦想 ——

梅约 （烦躁）你讲的是什么傻事呀?

罗伯特 （红着脸）露斯今天晚上告诉我 —— 她爱我。我承认我爱她以后,她才说的。我告诉她,直到出门的事安排定以后,我才发觉我的爱情,我才明白我要离开她了。那是真话。我以前不知道我爱她。（好像要向别人证明自己有理）我并没有打算要跟她说什么,可是突然之间,我觉得非说不可。我认为说说也没有关系,因为我就要走了。我还认为她爱上的是别人。(慢慢地——他的眼睛闪闪发亮)可是她哭了起来,她说她一直爱着的是我,可是我一点也没看出来。

梅约太太 (冲过去,张开双臂抱住他)我知道! 你刚才进来的时候,我正在跟你爸爸说哩。噢,罗伯特,你不走了,我真高兴!

罗伯特 (吻她)我知道你会高兴的,妈。

梅约 (迷迷糊糊地)嗐,真是岂有此理! 你真有本事,把我们大家的脑子全都搞糊涂了,罗伯特。还有露斯! 她怎么会突然想得起来的呢? 哎呀,我还正在想——

梅约太太 (赶忙接上话音——带点警告口气)别管你怎么想的了,詹姆斯。现在告诉我们也不会有什么用处的。(有意地)结果跟你所希望的几乎是一模一样,是不是?

梅约 (沉思地——开始醒悟)是的;我想你说得对,凯特。(困惑地挠挠头)怎么会弄成这样呢! 我真没有听见过。(最后他站起来,忸忸怩怩地笑嘻嘻地走向罗伯特)我们,你妈和我,很高兴你不走了,因为毫无疑问,我们会非常想念你的。你找到了幸福,我们也觉得高兴。露斯是个好姑娘,将来会成为你的好妻子。

罗伯特 (很感动)谢谢您,爸。(他紧紧握住爸爸的手。)

安德鲁 (面孔绷得紧紧的,走上前,伸出手来,强作微笑)我想该轮到我来贺喜了,是不是?

罗伯特 (他哥哥突然出现在他面前,吓得他叫了起来)安德鲁! (惊慌)唉——我——我没有看见你。你在场吗? 刚才——

安德鲁 你说的我全听见了。我祝贺你们,你和露斯,幸福无量,万事如意。

罗伯特 （拉住他的手）谢谢，安德鲁，你真好——（他看见安德鲁眼里含的痛苦，他的话说不下去了。）

安德鲁 （最后紧紧握了一下他弟弟的手）祝你们俩一切顺利！（他转身回到后面，俯下身子去抚弄灯笼，不让人看出他的情绪。）

梅约太太 （向船长，罗伯特做出的决定吓得船长目瞪口呆，一个字也说不出来）怎么回事，迪克？你不向罗伯特道喜吗？

司各特 （发窘）我当然要道喜的！（他起身，跟罗伯特握手，含含糊糊地喃喃说）祝你称心如意，孩子。（他站在罗伯特身旁，好像想多说点什么，可是又不知道从何说起。）

罗伯特 谢谢，迪克舅舅。

司各特 那么你不跟我上"圣代号"了？（他的声音表示不相信。）

罗伯特 不能去了，舅舅——现在不去了。要不是在目前的情况之下，说什么我也不会放过这个机会。（他不知不觉地叹口气）不过你瞧，我已经找到了——一个更大的美梦。（然后兴高采烈地）有一件事，我希望大家都明白，我不再依靠你们，做一个游手好闲的人了。这就是说，我要从各个方面，开始过一种新的生活。我要安心住下来，真正关心农庄上的事，干我应干的活。我要向你证明，爸，只要我愿意干，我会跟你，还有安德鲁一样，成为一个好样儿的梅家后代。

梅约 （体贴地但又怀疑地）精神是对头的，罗伯特。我们谁也不怀疑你愿意干，不过你从来没学过——

罗伯特 那么我马上就开始学，你教我，好不好？

梅约 （安慰他）我当然愿意教，孩子，我也高兴教。只不过一开头要从从容容地干。

司各特 （他怀着惊慌加惊奇的复杂心情，听着这场谈话）难道你当真要让他留下吗,詹姆斯?

梅约　　嗐,事情既然是这样了,罗伯特想怎样办,就怎样办吧。

梅约太太　　由他去吧! 就是那个主意!

司各特　　(越来越恼)那么我要说的是,你是个软弱的、意志力薄弱的家伙,竟让一个孩子,还有女人,来随意安排你的生活道路。

梅约　　(故意捉弄人)迪克,我也和你一样。你不能命令海潮来依顺你,我也不冒充我能约束青年们的爱情。

司各特　　(轻蔑地)爱情! 他们还太年轻,就算见到爱情,也不懂什么叫作爱情! 爱情! 罗伯特,我真替你害臊,你让暗地里的几次拥抱和接吻,就把立身做人的机会给破坏了。缺乏常识——一点常识都没有!(在愤激中用拳头敲桌子。)

梅约太太　　(讥笑她哥哥)迪克,像你这样一位古怪的老光棍,也配谈什么爱情。看在上帝面上,得了吧!

司各特　　(被他们的嘲笑激恼了)如果你指的是结婚,大多数的人都当了大傻瓜,我可没有当过。

梅约太太　　(嘲笑地)酸葡萄,是不是,迪克?(她笑了,罗伯特和他爸爸也咯咯地笑。司各特说不出话来)上帝啊,迪克,你真傻气,无缘无故你也发脾气。

司各特　　(愤慨地)无缘无故! 你说的好像我对于这里的事毫不关心似的。我觉得我有权利说出我的意见。我不是为了罗伯特跟船主们办了所有的交涉,另外还储藏了一些特别的食物吗?

罗伯特　　你一直待我很好,迪克舅舅;我很感激。说真的。

梅约　　当然,我们大家都感激你,迪克。

司各特　（没有消气）我一直指望，这次航行带罗伯特去做伴——可以跟他讲讲话，指点指点他，教教他，我一心一意要带他一道走，这么一来，这次我出去，我就会感到格外寂寞了。（他拍桌子，企图遮掩他承认的弱点）这种傻里傻气的恋爱真是混账透顶。（气恼）可是说来说去，并没有解决怎样处理我已经收拾好了的那间房舱的问题。房舱全油了白漆，床上还铺了一张新垫子，床单、毯子等等都是新的。木匠还做了一个书架，罗伯特可以把他的书带去，书架前面装有可以拉动的横木，不管船如何颠簸，书都掉不出来。（惊慌地）你们想想看，没有人上船去使用那个房舱，我手下的那些船员们会怎么想呢？替我布置房间的那些人，又会怎么想呢？（他气愤地摇摇手指头）他们可能怀疑，我打算带一个女人到船上去，到了最后一刻，她把我甩了！（一想到这里他就痛心，擦擦冒汗的额头）上帝啊，他们正想找那样的事来笑话我。他们那些家伙，什么事都会相信！

梅约　（眨眨眼）那么没有别的办法，你只有跑出去，从什么地方找个老婆，去住那个新房舱。她还得是个漂亮的，才能配得上。（他摆出过分关心的样子，看看表）去找老婆的时间不多了，迪克。

司各特　（大家微笑，他绷着脸）詹姆斯·梅约，去你的吧！

安德鲁　（他一直站在后门旁边沉思，现在走上前来。面带严肃坚决的神色）迪克舅舅，不用为那个多余的房舱担心，要是你愿意带我，我代替罗伯特去。

罗伯特　（急忙转身向他）安德鲁！（他立刻看出哥哥眼里的决心，马上就明白事情的原因——惊慌地）阿安，你不能去！

安德鲁　　罗伯特,你做了你的决定,现在我做了我的。记住,这件事你管不着。

罗伯特　　(哥哥的口气伤了他)可是安德鲁——

安德鲁　　不要干涉,阿罗——那就是我的要求。(转向他舅舅)迪克舅舅,你还没有回答我的问题哩。

司各特　　(清理清理喉咙,不安地斜睨了詹姆斯·梅约一眼。梅约瞪着他的大儿子,好像他觉得安德鲁忽然发了疯)我当然愿意带你去,安德鲁。

安德鲁　　那么,就定下了。几分钟内我就能把我要带的几件小东西收拾好。

梅约太太　　不要做傻瓜,迪克。安德鲁只不过是跟你开玩笑罢了。

司各特　　(不高兴)在这间屋里,究竟谁是在开玩笑,谁又不是,可就难说了。

安德鲁　　(坚决地)我不开玩笑,迪克舅舅。(司各特怀疑地望着他)你不用害怕我说话不算数。

罗伯特　　(他觉得安德鲁话里有话,伤了他的心)安德鲁!那么说是不公平的!

梅约　　(皱眉)我看,这不是个开玩笑的题目,安德鲁向来不开玩笑。

安德鲁　　(面向他爸爸)我同意你的意见,爸。我再跟你说一次,一言为定,我下定了决心要走。

梅约　　(目瞪口呆——不能再怀疑安德鲁话音里的决心——无可奈何地)可是为了什么呢,孩子?为了什么呢?

安德鲁　　(避开)我向来就想走。

罗伯特　　阿安！

安德鲁　　（半恼）你不要乱说，罗伯特！（又转向他爸爸）我从来没有讲过，因为罗伯特既然要走，我知道讲了也没有用处。现在罗伯特留下了，我就没有理由不走了。

梅约　　（喘气）没有理由？你竟敢站在那里对我说那种话吗，安德鲁？

梅约太太　　（看见暴风雨要来了，赶快插话）詹姆斯，他的话是随便说的。

梅约　　（做手势叫她保持沉默）让我说，凯特。（用更为温和的腔调）你怎么突然变了样呢，安德鲁？你跟我一样清楚，现在正是我们下死劲拼命干活的时候，你打一声招呼就跑掉，那是不公道的。

安德鲁　　（避开他的目光）等罗伯特学会了，他会做好他的工作的。

梅约　　罗伯特就不是种田的材料，你才是。

安德鲁　　你很容易找一个人来干我的活。

梅约　　（极力克制自己，不生气）安德鲁，听你说的话，我觉得很奇怪。我向来认为你是懂事的，竟会说出那种昏话来。（讽嘲地）找一个人代替你！你在这里干活，并不是谁雇你来的，安德鲁，你可以跟我打一声招呼，像你做的那样甩手不干了。这个农庄是你的，也是我的。你在这个农庄上干活，你是明白这个道理的。你刚才说你要做的，只是放弃你应尽的责任。

安德鲁　　（望着地板——简单地）爸，对不起。（稍停之后）再谈也没有用了。

梅约太太　　（放心）瞧！我知道安德鲁会明白过来的！

安德鲁　　别误会了,妈。我不放弃我的主意。

梅约　　你是说你还是要走,不顾——一切吗?

安德鲁　　是的,我要走。我非走不可。(他顽强地望着他的爸爸)我觉得不应该放过这个机会,去逛逛世界,开开眼界,而且——我想去。

梅约　　(冷嘲)原来——你想去逛逛世界,开开眼界!(他的声音提高了,气得发抖)我没想到,会有今天,我的儿子睁着眼睛当面跟我撒下弥天大谎!(发作)你撒谎,安德鲁·梅约,而且是个最坏的撒谎家伙!

梅约太太　　詹姆斯!

罗伯特　　爸!

司各特　　冷静些,杰姆!

梅约　　(不管他们的反对)他撒谎,他知道。

安德鲁　　(满脸通红)爸,我不跟你辩论。你想把我想得怎么坏,随你的便。

梅约　　(对阿安指手画脚,气极了)你知道我说的是老实话——所以你不敢辩!你说你想走开——去开开眼界,你是在说谎!你并不喜欢去逛世界。我看着你长大的,我知道你的脾气,你的脾气就是我的脾气。你是在跟你的天性对着干,要是你真的走了,你将来会大大后悔的。好像我不知道你逃跑的真正原因似的。逃跑才是合适的字眼。你逃跑是因为你自己的弟弟得到了露斯,因为你被刷了,你受了气,所以你——

安德鲁　　(脸红——紧张地)住嘴,爸!我不要听你的——就是你说的我也不要听!

梅约太太　　(冲向安德鲁,双臂抱着他,保护他)亲爱的阿安,不要睬他。他说的全是胡说八道！（罗伯特僵硬地站着，两手攥得紧紧的，愁眉苦脸。司各特坐在那里，目瞪口呆。安德鲁安慰他妈妈，她快要哭出来了。）

梅约 （气得一不做二不休）安德鲁·梅约，那才是老实话，想想那些老实话，你应该感到羞耻。

罗伯特 （抗议地）爸！

梅约太太 （从安德鲁身边走向梅约；把双手放在他双肩上，好像要把他推回到他原来坐的椅子上去）你不要说啦，詹姆斯。请你不要说，好不好？

梅约 （从他妻子的肩头上望着安德鲁——倔强地）老实话——地地道道的老实话！

梅约太太 嘘——嘘！（她想用一个手指头去封他的嘴，可是他把头掉转开。）

安德鲁 （他已经克制住感情）你错了，爸，事实不是那样。（带着反抗的断然口气）我并不爱露斯。我从来没有爱过她，那种念头我从没想过。

梅约 （怒冲冲地不相信，说话带着鼻音）哼！你是谎上加谎！

安德鲁 （发了脾气——尖刻地）我想，要让你来解释一个人想离开这个宝贝农庄，除了用那种外部原因，你就无法可想了。我讨厌这个地方——信不信由你——我喜欢有个机会出去走走，就是这个道理。

罗伯特 阿安！不要走吧！你只会把事情弄得更糟。

安德鲁 （阴沉沉地）我才不管。我在这里已经尽了我的一份力。我不想干了，我有不干的权利。（突然又气又恼；情绪越发激烈）这一整套倒霉的事，我厌烦透了。我恨这个农庄，我恨它的每一寸土地。我讨厌像个奴隶似的挖掘脏土,在太阳下面流汗,连一句感谢的话都得不到。(愤怒的眼泪浮上他的眼睛——力竭声嘶地)我不干了,一刀两断。如果迪克舅舅不带我上他的船,我另外找一条。不管怎样,我都得到别处去。

梅约太太 (声音里夹着惊慌)不要搭腔,詹姆斯。他不知道他在说些什么。一句话都不要跟他说,等他神志清楚的时候再讲。求求你。詹姆斯,不要——

梅约 (把她从身边推开,他的脸因为盛怒变得紧张、铁青。他怒视安德鲁,好像非常恨他)你竟敢——竟敢像那样跟我说话?关于这个农庄——梅约农庄——你——你出生的地方——你说出那种话来——(他高抬一只攥紧的拳头威胁地走向安德鲁)你这个该死的狗崽子!

梅约太太 (尖叫)詹姆斯!(她用双手蒙住脸,无力地坐在梅约的椅子上。安德鲁站着,一动也不动,脸色苍白而坚定。)

司各特 (站起来,从桌子上面把两臂伸向梅约)算了吧,杰姆!

罗伯特 (用他自己的身子隔开他爸爸和哥哥)停手!你疯了吗?

梅约 (抓住罗伯特的手臂,把他推开,然后在安德鲁面前站了一时,喘气。他用一个发抖的手指头指着门)好吧——走吧!——走吧!你不是我的儿子——不是我的儿子!你下地狱去,只要你愿意!明天早上,不要让我在这里再看见你——要不然——不然——我会赶你出去!

罗伯特 爸!看在上帝面上!(梅约太太放声大哭。)

梅约 (他抽风似的喘不过气来,瞪着安德鲁)你走吧——明天早上——上帝在上——不要回来——你敢回来,上帝在上,只要我还有一口气——要不然我要——我要——(他因为喘

037

喃的威胁而浑身发抖，大步走向后面右边的门。）

梅约太太 （起身，用双臂搂着他——歇斯底里地）詹姆斯！詹姆斯！你到哪里去？

梅约 （语无伦次地）我去——睡觉，凯特。不早了，凯特——不早了。（他走了出去。）

梅约太太 （跟在他后面，歇斯底里地恳求着）詹姆斯！收回你对阿安说的话吧。詹姆斯！（她随他出去。罗伯特和司各特睁大吃惊的眼睛瞪着他们。安德鲁直挺挺站在那里，两眼向前直视，放在身边的拳头攥得紧紧的。）

司各特 （第一个开口，大声叹气）唉，他发起脾气来，简直就像个魔鬼！安德鲁，关于那个倒霉的农庄的事，你不该跟他说那些话，你知道农庄的事最容易使他恼火了。（又叹了口气）唉，他在气头上说的那些话，你不见怪吧。等他的气消了一点，他会后悔的。

安德鲁 （口音确定不移）你不了解他。（反抗地）话既然说了出来，就收不回去了。我已经做出了选择。

罗伯特 （强烈抗议）安德鲁！你不能走！这太傻了——也太可怕了！

安德鲁 （冷冷地）罗伯特，过一会儿我再跟你谈。（他哥哥的态度使他受不了，他在一张椅子上坐下，双手捧着头。）

司各特 （走过来拍拍安德鲁的背）安德鲁，我非常高兴你能跟我走。我喜欢你的劲头，还有你跟他说话的那种态度。（放低他的声音说悄悄话）像你这样生气勃勃的年轻人，海洋上才是个用武之地。（他又拍了拍安德鲁的背，表示赞许）你和我会成为好伙伴的，要不才怪哪。我要去睡觉了。不要忘记收拾你的行李。能睡就睡一时。在他们起身以前，我们就早早地溜出去。那就会避免许多口舌。罗伯特可以赶车送我们到镇上，然后把马车赶回来。(他向左后方的门口走去)好吧，晚安。

安德鲁　晚安。(司各特走了出去。两兄弟沉默了一会儿。随后安德鲁走到他弟弟身边，一只手放在他背上。他低声说话，充满了感情)罗伯特，振作起来。牛奶泼了，哭又有什么用。让我们希望，将来一切都会大吉大利。生米煮成了熟饭，还有什么办法呢？

罗伯特　(发狂地)可是那不是实话，安德鲁，不是实话！

安德鲁　当然不是实话。你知道我也知道——可是只应该我们两个知道。

罗伯特　爸永远不会原谅你的。噢，这件事从头到尾太没有意思了——太惨了。你为什么认为非走不可呢？

安德鲁　你不用问也知道。你知道为什么。(气势汹汹地)我可以希望你和露斯得到世界上的一切幸福，我真心诚意地祝福你们。不过你不能期望我留在这里，看着你们两个天天待在一起，而我却孤孤单单的。我受不了——何况我原先定下的要在这里进行的所有计划都和那个想法有关——(语不成声)我以为她是爱我的。

罗伯特　(把一只手放在他哥哥的手臂上)上帝！真可怕！我们这些年来一直是相亲相爱的，一想到我竟然成了你受苦的原因，我感到非常罪过。要是我早就预料到会出这种事，我向你发誓，我绝不跟露斯说一句话。我发誓我不会说，阿安！

安德鲁　我知道你不会说。那就更糟，因为露斯就会受罪啦。(他拍拍他弟弟的肩膀)现在这样最好。也只好这样，一切困难我顶住，就这样。过些时，爸会明白我的想法的。(罗伯特摇摇头）—— 要是他不明白 —— 唉，那也没有办法。

罗伯特 可是想想妈看！上帝呀！你不能走，安德鲁！你不能走！

安德鲁 （凶凶地）我非走不可 —— 一定得走开！我告诉你，非走不可。我待在这里会发疯的，因为每一秒钟都会叫我想起，我扮演的是个多么愚蠢的角色。我一定要走开，想尽办法，忘掉一切。要是我待下去，我就会恨这个农庄，因为它让我回想起一切事来。我不可能对工作再感到任何兴趣，因为看不到任何目标。难道你还看不出，那会叫人多么难受吗？罗伯特，你也爱她，设身处地替我想一想，要记住，我到现在还是爱她的，要是我待下去，我还会爱下去。那对你或者对她不是太不应该了吗？设身处地想一想，（他抓住他弟弟的肩膀猛摇）那时你会怎么办呢？跟我说老实话！你爱她。你会怎么办？

罗伯特 （哽咽地）我 —— 我会走的，安德鲁！（他用双手蒙住脸，哆哆嗦嗦地哭起来）上帝！

安德鲁 （似乎全身突然轻松了 —— 声音低沉而坚定）那么你知道为什么我非走不可了，那就再也没什么可说的了。

罗伯特 （疯狂地反抗）为什么这种事一定要出在我们中间呢？真他妈的！（他发狂似的四下张望，好像要寻找应该负责的命运来进行报复。）

安德鲁 （又把手放在他弟弟肩膀上 —— 安慰地）不必要再大惊小怪了，罗伯特。事情就这么定了。（勉强微笑）我想露斯有权去挑选她喜爱的人。她挑选得不错 —— 上帝保佑她！

罗伯特 安德鲁，我觉得你真是个好人！我想告诉你，但是又词不达意。

安德鲁 （赶忙打断他的话头）别说了！我们睡觉去吧。太阳出来以前我就得起身。要是你赶车送我们，你也要早起。

罗伯特 对，对。

安德鲁 （把灯光拧小）我还要收拾行李。（他乏透了，打呵欠）我疲倦极了，就像一口气犁了二十四个钟头的地。（沉闷地）我觉得好像死了似的。（罗伯特又用双手蒙上脸。安德鲁摇摇头，好像要把他的思想甩掉，他竭力想做出一副轻松愉快的样子）我要熄灯了，来吧。（他拍拍弟弟的背。罗伯特不动。安德鲁弯腰吹熄了灯。从黑暗中传出他的声音）罗伯特，不要坐在那里伤心了。事情总会见个分晓的。来吧，睡一会儿，一切事情终究会好起来的。（人们听见罗伯特磕磕碰碰地站起身来，人们看见兄弟俩的黑影摸索着向后面的门口走去。）

〔幕落〕

第 二 幕

第一场

景：跟第一幕第二场一样。农庄的会客室，三年以后，仲夏里一个阳光灼人的热天下午，大约十二点半钟的光景。所有的窗子都是开着的，但是没有一丝微风吹动肮脏的白色窗帘。后面挂了一面补过的纱门帘。从那里可以看见院子，院里有一小片草地，草地中间有一条泥路，从大路旁边白栅栏门通向后门口。

屋内有了改变，不在于它的外表上，而在于它的总体气氛上。从意味深长的琐事上表明粗枝大叶、没有效率和懒懒散散。椅子因为没有油漆显得破旧；桌布斑斑点点的并且铺得歪歪斜斜；窗帘上现出窟窿；一个小孩的玩偶，缺了一只胳臂，躺在桌子下面；墙角里靠着一把锄；一件男外衣丢在后面的长沙发上；书桌上乱堆着许多杂物；许多书乱堆在碗橱上。中午烤人的闷热似乎透进室内，使得没有生命的东西也带上一副没精打采、精疲力竭的样子。

餐桌的左端留出一个地方是预备给什么人摆午饭的。从开着的厨房门里传出洗碟子的声音，时时夹杂着一个女人的烦躁声和一个娃儿的暴躁哭声。

〔幕启时,梅约太太和艾特金太太面对面坐在那里,梅约太太坐在餐桌后面,艾特金太太坐在餐桌右边。梅约太太的脸已经失去了所有特征,解体了,变成了一副虚弱的面具,带着一种经常要痛哭流涕的无可奈何的悲哀表情。她说起话来,声音犹豫不决,好像失去了所有的意志力。艾特金太太坐在轮椅里。她是个瘦瘦的、脸色青白、看样子并不聪明的女人,大约四十八岁,眼睛冷酷而有光彩。许多年来生着半身不遂的病,过的生活是坐在轮椅里天天被人推来推去,因而养成了慢性病人的自私而烦躁的脾气。两位太太都穿着黑色丧服。艾特金太太神经紧张地一面缝衣服一面说话。梅约太太面前桌上放着一团没有用过的线,线团上插了几根针。

艾特金太太 (不高兴地望了一眼留在桌上的碗盏)罗伯特又和往常一样,没有赶回来吃午饭。我真不懂露斯为什么要将就他,我早就叫她不要将就。我不止一次跟她说:"这种胡闹的事不应该继续做下去了。难道他认为你是在开旅馆吗?又没有人手帮忙。"可是她不睬。她跟他简直一样糟糕——她以为她比我这个老病人懂事。

梅约太太 (闷闷地)罗伯特向来拖拖拉拉的。莎拉,他也是没法儿。

艾特金太太 (嗤责)凯特,你总替他打圆场!只要下决心,谁都有办法——只要他们身强力壮,不像我这样可怜巴拉的。

(想了一想又加上一句虔诚的话)——我弄到这般地步，也是天意。

梅约太太　　罗伯特可不行。

艾特金太太　　不行！凯特，上帝给了他们好手好脚，可是他们吊儿郎当，浪费时间，不干一件好事，我呢，又没有力量帮忙，反而听他们摆布，真把我气疯了。我不是不给他们指点正路。我跟罗伯特说过几千次，我告诉他应该怎样办事。这你是知道的，凯特。你以为他注意我说的话吗？就连露斯，我自己的女儿，也不注意。他们认为我是疯癫的、古怪的老婆子，已经死了一半啦，越是早进坟墓，越是不妨碍他们，越称他们的心。

梅约太太　　莎拉，不要那么说，他们并没有坏到那种程度。你还有好多年好活哩。

艾特金太太　　凯特，你跟别人一样，不知道我活不久啦。至少我良心清白，死得瞑目。我尽了全副力量不让这一家垮台。可是他们还是要垮台的！

梅约太太　　(带着绝望的漠不关心)事情也许变得更坏。罗伯特从来没有种田的经验。你不能希望他一天就学会。

艾特金太太　　(尖锐地)他已经学了三年，不是学好，而是学坏了。不但你的地，连我的也在内，全都毁了，我毫无办法去挽救。

梅约太太　　(带着一丝肯定的意思)莎拉，你总不能说阿罗不努力工作吧。

艾特金太太　　我倒想知道，如果什么事都干不成，努力工作又有什么好处。

梅约太太　　阿罗的运气太坏。

艾特金太太　　你想说什么就说什么吧,凯特。空谈不如实验。你不能否认,自从你丈夫两年前去世以后,事情越来越糟了。

梅约太太　　(用手帕揩去眼泪)他的去世是上帝的意思。

艾特金太太　　(得意地)那是上帝对詹姆斯·梅约的惩罚,因为在他的罪恶一生中,他亵渎了、否认了上帝!(梅约太太低声哭了起来)唉,凯特,我知道我不该提醒你。让我们祷告,让他那个可怜的人得到安息和饶恕吧。

梅约太太　　(揩眼泪,单纯地)詹姆斯是个好人。

艾特金太太　　(没有理睬这句话)我说的是,自从罗伯特管家以来,事情就一天不如一天。你还不知道坏到什么程度。出了什么事,罗伯特并不告诉你。事情摆在你面前,你自己也看不见。不过,谢天谢地,露斯还有时跑来跟我商量商量,因为他的那些名堂把她烦恼得要死。你知道昨天晚上她跟我说什么来着?我差点忘了,她叫我不要告诉你——不过我以为你应该知道。而且不让他们在你背后捣鬼,也是我的责任。

梅约太太　　(无精打采地)你愿意你就告诉我。

艾特金太太　　(探身向她——低声地)露斯快要发疯了。罗伯特跟她说,他要把农庄抵押出去——他说,不抵押他不知道怎样才能支持到秋收,他又没有别的方法弄钱。(她直起腰来——愤怒地)现在你知道你的罗伯特是一块什么料了吧?

梅约太太　　(听天由命地)要是非得那样——

艾特金太太　　凯特,我向你提出警告以后,你还愿意签字把农庄抵押出去吗?

梅约太太　　罗伯特说需要怎么做,我就怎么做。

艾特金太太　（举起双手）哼，真是傻得出奇！——哼，那是你的农庄，又不是我的，我也就再没有什么话可说了。

梅约太太　也许罗伯特会支持下去，直到安德鲁回来料理家务的那一天。反正不会太久了。

艾特金太太　（非常感兴趣）露斯说安德鲁随时会到。罗伯特认为他什么时候会到这里呢？

梅约太太　他说"圣代号"是一条帆船，他算不准。他收到的上一封信是从英国寄的，就是他们动身回来的那一天。也有一个多月了，罗伯特认为他们已经过了期了。

艾特金太太　感谢上帝，他回来得正是时候。他在外面跑，应该觉得腻味，急着要回家安下心来重新干活。

梅约太太　安德鲁一直在工作。他写信给罗伯特说，他在迪克的船上担任管事。你知道吧？

艾特金太太　在船上胡闹一气倒也没有什么，但是到现在他准是腻味透了。

梅约太太　（沉思地）我不知道他的变化大不大。他向来是很漂亮、很强壮的。（叹气）三年啦！似乎比三百年还要长些。（眼里噙满眼泪——可怜巴拉地）噢，要是詹姆斯能活到他回来——能原谅他，该多好啊！

艾特金太太　他永远不会——詹姆斯·梅约才不会哩！尽管你和罗伯特想尽办法，要他回心转意，他不是硬着心肠，一直反对他到底吗？

梅约太太　（微带一丝怒意）你竟说出那种话来！（伤心地）噢，我知道，在他的心坎里，他原谅了安德鲁，尽管他太倔强，不愿意承认。正是犟脾气要了他的命——他的顽强自尊心扯碎

049

了他的心。(她用手帕揩揩眼睛，哭了起来。)

艾特金太太　(虔诚地)那是上帝的意思。(厨房里响起小孩的大哭声。艾特金太太厌烦地皱皱眉)那个小娃娃真讨厌！好像她故意叫人神经紧张。

梅约太太　(拭眼泪)天气热，热的。玛丽这两天不大舒服，可怜的小娃娃。

艾特金太太　她的病是她爸爸遗传给她的——老是生病。罗伯特小时老是闹病，你总不否认吧。(深深叹气)他们两人结婚是个大错。我当时是竭力反对的。可是罗伯特的荒唐梦想把露斯迷住了，正经话她听不进去。安德鲁倒是个能跟她相配的人。

梅约太太　后来我也常常想，也许换个样子好些。不过露斯和罗伯特待在一块，好像也很幸福。

艾特金太太　不管怎样，那是上帝的安排——上帝的意思是要兑现的。(两位太太默默地坐了片刻。露斯从厨房里出来，手里抱着两岁的女儿玛丽，一个美丽、多病、贫血的娃娃，满脸泪痕。露斯老了许多。脸上已经失去青春和新鲜的颜色。她的表情里带有某种严酷和愤恨的东西。她坐在餐桌前面摇椅里，疲劳地叹气。她身穿一件印花布衣服，腰里系一条有油斑的围裙。)

露斯　哎哟，真热得够呛！那个厨房就像一个火炉。可了不得！(从额头上把汗湿的头发往后推。)

梅约太太　你为什么不叫我帮你洗碟子？

露斯　(干脆地)不行。那里会热死你。

玛丽　(看见桌子下面的玩偶，在妈妈膝头上挣扎)娃娃，妈妈！娃娃！

露斯 （拉她）是你睡午觉的时候了。你现在不能跟玩偶玩。

玛丽 （开始放声大哭）娃娃！

艾特金太太 （恼怒）你不能叫她安静吗？她哭得把耳朵都震破了。放下她，让她跟玩偶玩去，只要她不闹。

露斯 （把玛丽放在地板上）去吧！我希望你满意，不要作声。（玛丽坐在餐桌前地板上默默地玩弄玩偶。露斯望望桌上摆碗盏的地方）奇怪，罗伯特总是不按时回来吃饭。

梅约太太 （闷闷地）准是又出了什么岔子啦。

露斯 （无精打采地）恐怕是的。近来事情好像总是不顺心。

艾特金太太 （反唇相讥）要是你有点胆量，就不会那样。饭是你一个人做的，你由着他随便什么时候回来吃！这种事情，我就没有听见过。你太好说话了，毛病就出在这里。

露斯 别唠唠叨叨啦，妈。我听厌啦。我愿意怎么干就怎么干，谢谢你，不要干涉我吧。（她揩揩额头上的汗，没精打采地）哎呀！太热啦，没有心思吵架。讲点叫人高兴的事吧。（好奇地）我刚才听见你们谈论安德鲁来着。

梅约太太 我们在猜他什么时候到家哩。

露斯 （精神奕奕地）罗伯特说，现在他和船长随时都会来到，叫我们大吃一惊。看见他又回到农庄上来，实在是件愉快的事。

艾特金太太 等到他也来管管事，我们希望农庄上的事也会显得愉快些。目前真是乱七八糟！

露斯 （恼火）妈，别再叨叨了，好不好？我们大家都知道事情搞得不理想。老是抱怨又有什么好处呢？

艾特金太太 瞧瞧！凯特！可不就像我刚才跟你说的？我连对自己的女儿都不能提一点意见，她就是那么倔强任性。

露斯　　（用双手捂住耳朵——愤激地）看在上帝的面上，妈！

梅约太太　　（闷闷地）不要放在心上。安德鲁回来以后，会把一切都收拾好的。

露斯　　（满怀希望）噢，是的，我知道他会的。他懂得怎样办好应该办的事情。（苦恼地）要他回到家来，从头收拾那些乱七八糟的事情，真是丢脸。

梅约太太　　安德鲁会料理的。

露斯　　（叹气）我认为事情出了娄子，并不是安德鲁的错。

艾特金太太　　（轻蔑地）哼！（她心神不安地扇着自己）天哪，这儿简直烤人！让我们到后院树荫下面有点风的地方去。走，凯特。（梅约太太顺从地站起来，推着轮椅向纱门走去）露斯，你最好也来。对你有好处。教训教训他，让他自己弄饭吃。不要再当傻瓜啦。

露斯　　（走到门口，拉起纱门帘——无精打采地）他才不在乎。他吃得不多。可是我走不开。我得打发孩子睡觉。

艾特金太太　　我们走，凯特。（梅约太太推着她从左边下去。露斯回来，在椅子上坐下。）

露斯　　（机械地）过来让我脱掉你的鞋子和袜子，玛丽，好一个乖娃娃。你现在得睡午觉啦。（孩子继续一心一意地玩她的玩偶，好像什么都没有听见。一种焦急的表情掠过露斯疲乏的脸。她偷偷地望望门口——然后起身，走向书桌。她的举动表现出害怕被人发现，自觉有罪的神气。她从信格里拿出一封信，赶快带着信回到她的座椅上。她打开信封，很感兴趣地读着信，两颊显出兴奋的红晕。罗伯特顺着小路走来，悄悄地揭开门帘，走进屋来。他也老了。两肩下垂，好像负担很重似的。眼睛暗淡无光，脸被太阳晒黑，有好几天没刮过了。两颊上一条条汗水和着尘土。嘴角下垂,给他添上一种绝望、消沉的表情。三年的时间使他的嘴和下巴更显得消瘦。他身穿工装裤,长筒靴子,开口的法兰绒衬衫。)

罗伯特 （把帽子丢在沙发上 —— 精疲力竭地长叹一声）唉！今天的太阳热得厉害！（露斯吃了一惊。最初,她本能地想把信藏在胸口。接着她想到更好的办法,她坐在那里,手里拿着信,用反抗的眼光望着他。他俯身吻她。）

露斯 （摸摸他的脸 —— 恼火）为什么不刮脸呢？你的样子真可怕。

罗伯特 （不在乎）我忘啦,天气这么热,刮脸太麻烦了。

玛丽 （丢开玩偶,快乐地叫喊着向他跑去）爹爹！爹爹！

罗伯特 （把她高举到头顶上 —— 钟爱地）今儿这么个大热天,我的小宝贝怎么样,呃？

玛丽 （快乐地喊叫）爹爹！爹爹！

露斯 （不高兴）不要那么做！你知道现在是她睡午觉的时候,你会弄得她毫无睡意；我就只好守在她身边,一直守到她睡熟。

罗伯特 （坐在餐桌左边的椅子上,把玛丽抱在膝上）不用操心。我会叫她睡觉的。

露斯 （简略地）我想,你还得回去工作吧。

罗伯特 （叹气）是的,我忘记了。（他望见露斯膝头上打开的信）又在看安德鲁的信？我敢说你现在都能背下来了吧。

露斯 （脸红了,好像受到责备似的 —— 挑战地）难道我没有权利看吗？他说,这封信是写给我们大家的。

罗伯特 （带一丝恼意）权利？别傻里傻气了。根本不发生权利

053

的问题。我只不过是说，读了那么多遍，那里面说的你一定全都记得了。

露斯 哼，我记不得。（她把信放在桌上，没精打采地站起来）我想你现在要想吃饭了吧。

罗伯特 （萎靡地）我不想吃。我不饿。

露斯 我还给你热着哩。

罗伯特 （不耐烦）噢，那么好吧。拿来我尝尝看。

露斯 我得先把她弄去睡觉。（她走过去要把玛丽从他膝头上抱起来）来，亲爱的。早就过了时候啦，现在你的眼睛都睁不开了。

玛丽 （哭喊）不要，不要！（哀求她爸爸）爹爹！不要！

露斯 （责备罗伯特）瞧！现在看你把她惯的！我告诉你不要——

罗伯特 （简略地）那么，由她去吧。她待在这里也顶好。要是你不打扰她，她在我的膝头上就会睡着。

露斯 （发火）不许她那么做！她得学着听话！（向玛丽晃晃手指头）你这个淘气的小丫头！妈妈为了你好，叫你跟妈妈走，你走吗？

玛丽 （抱住她爸爸）不，爹爹！

露斯 （发脾气）你要挨一顿好揍，我的小姐——要是你不好好听话，我马上就揍你一顿，听见没有？（玛丽吓得哭了起来。）

罗伯特 （突然生气）让她去！我跟你说了好多次，不要拿打来吓唬她。我不答应。（安慰哭喊的玛丽）好啦！好啦！小宝宝！娃娃是不哭的。要是你哭，爹爹就不喜欢你啦。爹爹抱你，你一定要像个好孩子答应睡觉。爹爹叫你睡，你睡吗？

玛丽 （偎着他）睡，爹爹。

露斯 （望着他们，她的苍白的脸绷得紧紧的）你还有脸教训人家怎样做事！（她咬紧嘴唇。夫妇两人带着近似仇恨的表情，互相瞪视；随后露斯耸耸肩膀，假装不在乎，转身走开）好吧，要是你以为容易，你照顾她好了。（她走进厨房。）

罗伯特　（抚摸玛丽的头发——温柔地）我们做给妈妈看看，你是个好孩子，好不好？

玛丽　（瞌睡地哼哼）爹爹，爹爹。

罗伯特　我们来看看：你妈妈在你睡觉以前，脱掉你的鞋子和袜子吗？

玛丽　（半闭着眼，点头）好吧，爹爹。

罗伯特　（脱掉她的鞋子和袜子）我们来做给妈妈看，我们知道怎样去做那些事情，好不好？一只鞋脱下来了——又一只鞋脱下来了——一只袜子脱下来了——又一只袜子脱下来了。脱完了，多么好，多么凉快，多么舒服。（他俯下身去吻她）现在要是爹爹带你上床，你答应马上就睡觉吗？（玛丽瞌睡地点点头）那才是个好孩子。（他小心地把她抱在怀里，带她走进卧室。可以隐隐听见他哄孩子入睡的声音。露斯从厨房出来，拿起桌上的盘子。她听见屋里的声音，蹑脚走到门口，向内看。随后她走向厨房，但是站住想了一下，脸上现出难以掩饰的忌妒的颜色。一听见屋里有响声，她赶紧躲进厨房。过了一时，罗伯特又进屋来。他走上，捡起鞋子和袜子，随便丢在餐桌下面。看见四下无人，他走向碗橱，挑选了一本书。回到椅子跟前，坐下，马上专心读起书来。露斯从厨房回来，端着一盘食物和一杯茶。她把杯盘放在他面前，坐在原来的位子上。罗伯特继续看书，忘记了桌上的食物。）

露斯　（气恼地观察他片刻之后）喂，放下那本书吧！你没看见饭都凉了吗？

罗伯特　（合上书）请原谅，露斯。我没注意。（他拿起刀、叉，慢条斯理地吃起来，没有胃口。）

露斯　我觉得你也要替我想想，罗伯特，不要老是过了时候才来吃饭。如果你以为在那火辣辣的厨房炉灶旁边，替你热菜热饭，是件好玩的事情，那你就错了。

罗伯特　露斯，对不起，真是对不起。每天都有事情拖我的后腿。我本来想按时回来的。

露斯　（叹气）"本来想"不算数。

罗伯特　（带着和解的微笑）那么，惩罚我吧，露斯。让饭凉去，不要为我麻烦就是了。

露斯　等你吃完以后，才能洗碗，还不是一样。

罗伯特　我洗。

露斯　那会弄得一塌糊涂！

罗伯特　（想故作轻松）这种天气能吃凉饭凉菜，倒也不坏。（露斯既没有搭腔又没有微笑。他又打开书，读了起来，时时勉强吃一口饭。露斯恼火地瞪着他。）

露斯　你还有自己的非做不可的事。

罗伯特　（心不在焉，眼睛还在看书）当然有。

露斯　（怨恨地）老是看书，你是不会把事情办好的。

罗伯特　（砰的一声把书合上）我看书消遣消遣，你为什么唠叨个不停呢？难道因为——（他陡然打住。）

露斯　（变色）我想你要说的是，因为我太蠢了，看不懂书。

罗伯特　（惭愧地）不是——不是。（气恼）你为什么老是逼我，要我说出我不想说的话呢？我在这个倒霉的农庄上干活，你不来给我增加麻烦，已经够我受的了。你知道我为了支持下去，费了多大的劲，尽管运气不好——

露斯 （轻蔑地）运气不好！

罗伯特 我还要加上一句，我自己明白，我干不好庄稼活。不过你也不能否认，运气也确实不好。你为什么不能把事情想得全面些。为什么我们不能合作呢？我们从前合作过的。我知道你也有困难。那么，为什么我们不能互相帮助，反而互相为难呢？

露斯 （阴郁地）我尽了最大的努力。

罗伯特 （起身，一只手放在她肩上）我知道。不过让我们俩干得更好一些。我们两方面都可以改进。事情出了毛病，即使是我的错，也要常常说点鼓励的话。你知道，自从爸去世以后，我吃过的苦头。我不是一个种庄稼的人。我从来也没有想当过。由于环境关系，我没有别的事可做，我只好支撑下去。你帮我的忙，我还能对付下去。你不帮我的忙——（他耸耸肩膀。一顿。随后低头吻吻她的头发——故作轻松愉快）那么你答应啦；我也答应一到钟点准回来——你叫我做什么就做什么。话就这么说定了，行吗？

露斯 （闷闷地）我想就那样吧。（厨房门口有人大声敲门，他们的谈话被打断了）有人敲厨房门。（她赶紧出去。过了一会儿她又进来）是本。

罗伯特 （皱眉）不知道现在又出了什么事？（大声）请进来，本。（本从厨房里懒懒散散地走进来。他是个高大、笨拙的年轻人，有一张迟钝的面孔和一对东张西望狡猾的眼睛。他身穿工装裤、皮靴等等，头戴一顶宽边粗草帽，推在后脑勺上）本，什么事？

本 （慢吞吞地）割草机坏了。

罗伯特　不会吧。上星期才找人修理过。

本　还是坏了。

罗伯特　你不能收拾吗?

本　不行。不知道那个鬼东西出了什么毛病。反正是干不了活啦。

罗伯特　(起身拿帽子)等一等,我去看看。不会有什么大问题的。

本　(鲁莽地)有没有问题跟我没关系。我不干了。

罗伯特　(着急)你不是说你要扔掉你的工作吧?

本　一点不错。今天我这个月满期,我要拿我的工钱。

罗伯特　你为什么现在要走呢,本? 你知道我手上的活忙不过来。你一打招呼就走,我要另找一个人可就难了。

本　那是你的事。反正我不干了。

罗伯特　但是为了什么呢? 难道我虐待了你,你有什么可抱怨的吗?

本　那倒没有。(晃晃他的手指头)我不愿给人家笑话,就是这么回事;我在蒂姆斯家里找到了事;我不在这里干了。

罗伯特　给人家笑话? 我不明白你的意思。谁笑话你呢?

本　所有的人。早上我赶车运牛奶的时候,他们全都笑话我,拿我开心——哈里斯家的小子、斯洛克姆家里新来的人,还有米德家的比尔·埃文斯,还有其他一些人。

罗伯特　因为怕人家笑话,你就干脆离开我,你这个理由真怪。你替蒂姆斯做工,他们不同样笑话你吗?

本　他们不敢。蒂姆斯是附近最好的农庄。他们笑话我,是因为我替你干活,就是这么回事!"梅约家里的事情怎么样啦?"他们每天早上吆喝说。"罗伯特在干什么——在玉米地里放牛吗？他今年还跟去年一样，用雨水搅拌干草吗？"他们大喊说。"还有他发明了什么电动榨奶机，去糊弄那些没有奶水的母牛，给他下固体的苹果酒？"（非常恼火）他们说的就是那种话；我可不愿意再忍受下去了。附近谁都知道我是第一流农业工人，我可不愿意他们把我看扁了。所以我离开你。我想支我的工钱。

罗伯特 （冷冷地）要是那样，你就去你的吧。明天我从镇上回来的时候，你可以拿到你的工钱，现在没有。

本 （转身走向厨房的门口）那行。（他走出去时，回过头来说）一定要把工钱给我，要不然会有麻烦的。（他走出去，可以听见厨房门砰然关上的声音。）

罗伯特 （露斯一直站在门口，现在走过来没精打采地坐在老地方）这个傻头傻脑的倒霉蛋！现在草怎么割呢？这就是我碰到的鬼事的一个例子。谁也不能把那种责任推在我身上。

露斯 对别人他才不敢那么放肆！（怀恨地，向桌上的阿安的信瞟了一眼）幸好阿安回来了。

罗伯特 （并不怀恨）是的，安德鲁马上就会看出什么是应该做的。（带着亲切的微笑）不知道他的变化大不大。从信上看，好像不大，是不是？（摇摇头）经过这些年的奔波，我总怀疑，他还想定居下来，再过这种单调的农庄生活。

露斯 （憎恶地）安德鲁不像你。他喜欢农庄。

罗伯特 （沉浸在他自己的思想里——热情地）上帝呀，他见过并且经历过多少事情呀！想想他到过的这些地方！我过去梦想过的所有那些神奇、遥远的地方！上帝，我多么羡慕他啊！多么美妙的旅行啊！（他跳起来，本能地走向窗前，注视天边。）

露斯　（辛酸地）我想你没有走成现在后悔了吧？

罗伯特　（过于沉迷在他自己的思想里，没有听见她的话——报复地）噢，那边那些可恶的山啊，我从前以为它们会答应给我带来很多希望！现在我已经变得仇恨它们了！它们就像一个狭窄的牢狱天井的四面围墙，把我关在里面，跟生活当中一切自由和神奇的东西隔开。（他转过身来，面对房内，用一种表示厌恶的姿态）有时候我想，要不是为了你，露斯，还有——（他的声音变得柔和了）——小玛丽，我会扔掉一切，沿着大路走下去，心里只抱着一个想头——把整个天涯海角放在我跟那些山中间，能够再自由呼吸一次！（他坐在椅子上，自嘲地苦笑）我又做梦了——从前的傻梦。

露斯　（用一种低沉、抑郁的声音——眼里冒着怒火）做梦的不止你一个！

罗伯特　（沉埋在他自己的思想里——尖刻地）安德鲁倒有了机会——他得到了什么呢？他的信念起来就像一个——一个庄稼汉的日记！"现在我们到了新加坡。那是一个肮脏地方，比地狱还要热。两个水手发烧躺下了，干起活来，人手就不够了。我但愿再开船，尽管在波涛汹涌的海面上颠来簸去也是一件苦事！"（嘲讽地）他就是那么总结他的东方印象的。

露斯　（她的受抑制的声音有点发抖）你不必嘲笑安德鲁。

罗伯特　我想起——可是那又有什么用呢？你知道我并不嘲笑阿安他本人，但是他对事物的态度——

露斯　（她的眼睛冒火，勃然成为不可控制的愤怒）你也嘲笑他！我才不听你的那一套！你应该感到可耻！（罗伯特吃惊地瞪着她。她怒冲冲地说下去）你也有资格去评论别人？你游手好闲，把一切事情都弄得稀糟！你办事的那种愚蠢方法！

罗伯特　（生气）不许你说那种话，你听见没有？

露斯　你在你哥哥身上挑错。他比你高明十倍！你忌妒，就是那么回事！你忌妒他，因为他成了一个像样的人，而你只不过是一个——一个——（她气极了，说不清楚。）

罗伯特　露斯！露斯！你竟说出那种话来，你要后悔的。

露斯　我才不后悔！我永远不后悔！我只不过说出了我想了多年的话罢了。

罗伯特　（吓呆了）露斯！你真是那么想的吗？

露斯　你以为好受吗？——跟你这么一个人过日子——一天到晚受罪，因为你不成个人样，不能像别人那样做工、办事。可是，你从来不承认你不行。你以为你比别人好得多，你受过大学教育，其实你在大学里什么也没学到，你整天念那些无用的书，不干活。我想，你以为像我这样一个贫穷、无知的人，做了你的老婆，应该觉得光荣！（猛烈地）可是我才不觉得光荣哩。我讨厌！我讨厌看见你。噢，要是我早就知道，该多好！要是我不那么糊涂，听你的那些廉价的、愚蠢的、从书本上学来的诗意的废话，该多好！要是我早就看出你的本来面目——像你现在这样——我宁愿死掉也不会嫁你！我们同居不到一个月，我就懊悔了。等我知道你是个什么样的人，已经太晚了。

罗伯特　（提高嗓门）现在——我才明白你是什么样的人——跟我同居的是个什么货色。（发出一种刺耳的笑声）上帝！并不是我没猜出你是多么卑鄙和渺小，可是我一直对自己说，我一定是猜错了——我真是个傻瓜！真是个该死的笨蛋！

露斯　你刚才说，要不是为了我，你会顺着大路走下去。好吧，你可以走，越快越好！我不在乎！没有你，我更高兴。农庄也会好一点。自从你管事以来，它算倒了霉。所以走吧！去做一个浪荡汉吧，那是你向来想做的，你也只配做那种人。没有你，我也可以过下去，你不用担心。（兴高采烈地）安德鲁回来了，不要忘记！他会料理家事的。他会做出一个男子汉应该做出的事来！我不需要你了。安德鲁就要回来了。

罗伯特　（他们俩都站着。罗伯特抓住她的肩膀，瞪着她的眼睛）什么意思？（他使劲摇晃她）你在打什么主意？你那个坏脑子里想些什么——你——你——（他的声音成为一种刺耳的喊叫。）

露斯　（尖声反抗）是的，我打的就是那个主意！就是你杀了我，我也要说！我爱安德鲁。我爱他！我爱他！我向来爱他。（欣喜若狂）他也爱我！他爱我！我知道他爱我。他向来爱我！你也知道他爱我！所以走吧！要是你想走，就走吧！

罗伯特　（推开她。他摇摇晃晃地靠在桌子上——口齿不清地）你——你这个下贱女人！（她站在那里，怒视他。她的身子依靠在餐桌上，喘着气。卧室里被惊醒的孩子发出吃惊的大哭声。哭声不停。男女二人站在那里恐怖地互相观望。他们突然意识到他们的争吵已经到了可怕的程度。一顿。屋前大路上传来车马声。两个人突然得到了同样的预感，屏息静听，好像听着梦里的声音。车马声停了下来。他们听见安德鲁从大路上拖长声音大叫——"哎咳！"）

露斯　（带着透不过气来的欢呼声）安德鲁！安德鲁！（她冲过去，抓住门把手，就要把门打开。）

罗伯特　（用强制服从的命令口气）住手！（他走向门口，轻轻地把浑身发抖的露斯推开。孩子的哭声更高）我去接安德鲁。你最好进去看看玛丽，露斯。(她不服气地望了他片刻，但是他眼里有种光芒使她转身慢慢地走进卧室。)

安德鲁的声音　　(更高的喊叫)哎咳，罗伯特呀！

罗伯特　　(用一种故作高兴的呼喊来回答他)哈啰，安德鲁！(他打开门走了出去。)

〔幕落〕

第二场

景：农庄上一座小山顶上。第二天上午大约十一点钟。天气热而无云。可以望见远方的大海。

山顶微微向左方倾斜。一块大石头立在中央后面。更向右有一棵大橡树。从太阳晒白的草丛中,可以隐约看见一条小路,从左前方通向山顶。

〔罗伯特坐在大石头上,双手托着下巴。向着海上的天边眺望。他的脸色苍白憔悴,他的表情极度沮丧。玛丽坐在他身边树荫下的草地上,玩她的玩偶,独自愉快地唱歌。随后,她好奇地望望她爸爸,把玩偶靠在树上,走过来爬到他身上。

玛丽 （拉他的手——关心地）爹爹病了吗?
罗伯特 （望望她,强笑）没有,亲爱的,为什么呢?
玛丽 跟玛丽玩吧。

罗伯特 （温柔地）不，亲爱的，今天不玩。爹爹今天不想玩。

玛丽 （抗议地）要玩，爹爹！

罗伯特 不，亲爱的。爹爹确实觉得有点不舒服。我的头痛得厉害。

玛丽 让玛丽看看。（他低下头。她摸摸他的头发）讨厌的头。

罗伯特 （吻她——微笑）瞧！现在好点了，亲爱的，谢谢你。（她偎近他。他们俩都向大海望了一会儿。最后转身向她，温柔地）你愿意爹爹走开吗？——走得老远，老远的。

玛丽 （含着眼泪）不要！不要！不！爹爹，不要！

罗伯特 你不喜欢安德鲁伯伯吗？——昨天来的那个人——不是有白胡子的那个老头儿，另外一个。

玛丽 玛丽爱爹爹。

罗伯特 （做出果断的决定）他不会走的，孩子。他只是在开玩笑。他不会离开他的小玛丽。（他紧紧搂着孩子。）

玛丽 （发出一声痛叫）噢！痛！

罗伯特 对不起，小宝贝。（他把孩子放在草地上）去跟玩偶玩去，那才是个好孩子；要当心躲在树荫里。（她不大情愿地离开了他，又拿起她的玩偶。片刻之后，她指着左边山下。）

玛丽 人，爹爹。

罗伯特 （朝着那个方向望去）那是你伯伯安德鲁。（过了一时，安德鲁从左面上来，愉快地吹着口哨。外表上他很少改变，除了他的脸，在热带晒了几年，已经变成古铜色，但是在态度上却大有改变。从前那种平易温和的性情，一部分消失在实事求是的活泼而敏捷的声音举止之中。他说话时有一种权威的口气，好像习惯于发号施令，并且一定要贯彻执行。他身穿一个商船船员常穿的蓝色制服，戴一顶便帽。）

安德鲁　　原来你们在这里呀。

罗伯特　　哈啰,安德鲁。

安德鲁　　(走向玛丽)跟你单独待在一起的这位小姑娘是谁呀?这位漂亮的小姑娘是谁呀?(他用手指头搔逗又笑又扭动身子的玛丽,然后抱起她来,高高地举过头顶)飞呀飞!(他又放她在地上)好好玩吧!(他走过来,坐在罗伯特身边大石头上,罗伯特向旁边挪动,给他腾出一个地方)露斯告诉我,大概会在这个山头上找到你,不过她不说我也能猜得到。(他亲热地戳戳他弟弟的肋骨)还在玩你的老把戏,老伙计!我记得从前你常常跑到这里来发呆做梦。

罗伯特　　(微笑)我现在上这儿来,因为这是农庄上最凉快的地方。我早就不做梦了。

安德鲁　　(嬉笑)我才不相信。你不会改变得那么厉害。(稍停之后——带着孩子气的热情)我说,在这个山头上,又跟你单独谈心,确实把陈年往事都带了回来。回到家来我觉得快乐极了。

罗伯特　　你回来我们也觉得高兴。

安德鲁　　(稍停——有意地)我跟露斯到各处看了一看。事情好像并不——

罗伯特　　(脸红了——简略地打断他哥哥的话)别管那倒霉的农庄吧!让我们谈点有趣的事。这是我第一次和你单独谈话。跟我讲讲你旅行的事。

安德鲁　　我想我在信里什么都讲了。

罗伯特　　(微笑)你的信,不妨说,太简略了。

安德鲁　　噢,我知道我不是个作家。你不要怕伤害我的感情。

我宁愿经历一次台风也不愿再写一封信。

罗伯特　（深感兴味）那么你是经历过台风的了？

安德鲁　经过——在中国海。只好下了帆让它吹了两天。我以为我们一定会见到海神的。做梦也没想到浪那么高，风那么大。要不是幸亏我们有一个高明的船长迪克舅舅，我们大家早就喂了鲨鱼啦。就那我们也损失了一根主桅杆，只好回到香港去修理。这些事我在信里一定都写过。

罗伯特　你从来没有讲过。

安德鲁　唉，台风过后，有那么多肮脏活要干，才能把船收拾停当，一定是我忘了写了。

罗伯特　（望着安德鲁——奇怪地）连台风都忘了？（带着一丝讽嘲）你真是个怪人，安德鲁。难道你告诉我的全是你记得的事吗？

安德鲁　要是我想尽量跟你说，我能说出一大堆的细节。全是叫人毛骨悚然的玩意儿，我告诉你吧。你应该去那里亲身经验一番。我记得最糟心的时候，我想起过你来，我对自己说："罗伯特把海想得那么美，要是他看见了，就会治一治他的空想。"我敢打赌，真会的！（他加重语气地点点头。）

罗伯特　（枯燥无味地）好像海洋给你的印象不大好。

安德鲁　我应该说，是不大好！要是能办得到，我绝不再上船去，除了要到不通火车的什么地方去。

罗伯特　可是你还学过当船员哩。

安德鲁　不学点什么，我就会发疯。度日如年呀！（他笑了）至于你常常梦想的东方——你应该去看看，并且去闻闻！他们那种又脏又窄的街道，经过热带的太阳一晒，你走在那样的一条街道上，你往常所梦想的"神奇和神秘"会让你恶心一

067

辈子。

罗伯特 （厌恶地瞟他哥哥一眼，畏缩地）原来你在东方发现的就是一股臭气呀？

安德鲁 何止一股臭气！一万股臭气！

罗伯特 从你的信上看，有些地方你还是喜欢的，比如悉尼、布宜诺斯艾利斯——

安德鲁 是的，悉尼是个好地方。（热情地）但是布宜诺斯艾利斯才是最好的地方。在阿根廷，一个人大有成功的机会。你说的不错，我喜欢那个地方。我告诉你，罗伯特，等我看望过你们，能搭上一只船，我就到那里去。我在船上可以当个小职员，到了那里，我就上岸。我要把迪克舅舅给我的每一分工钱带到布宜诺斯艾利斯去做生意。

罗伯特 （瞪着他哥哥——慢吞吞地）那么你不在农庄上待下去了吗？

安德鲁 当然不待。你以为我要待下去吗？那有什么意思？料理这么个小地方，有一个人就够了。

罗伯特 我想这个地方现在在你看来实在小得很。

安德鲁 （没有注意到罗伯特话里的讥讽）罗伯特，你想象不到阿根廷是多么好的地方。我在香港认识了一个经营海上保险的家伙。他给我一封信，把我介绍给他的哥哥，在布宜诺斯艾利斯做粮食生意的。这个人很喜欢我，更重要的是，如果我回去的话，他会给我找个工作。我本想当场就接受下来，不过我不能使迪克舅舅为难，而且我又答应过你们要回来看看。但是我要回到那里去，你瞧着好了，我会成功的！（他拍拍罗伯特的背）你想，那不是一个顶好的机会吗，罗伯特？

罗伯特　　对你来说，是个好机会，安德鲁。

安德鲁　　我们把这个叫作农庄——可是你应该听听那边的农庄是个什么样儿——我们这里的一英亩田，在他们那里就是十平方英里。那是个新兴国家，大事业正在开展——我想在去世之前干一番大事。讲到种庄稼，我不是外行，粮食我也懂得一点。最近我又读了一些这方面的书。（他注意到罗伯特心不在焉的神气，笑了起来）醒醒吧，你这个诗人书呆子。我知道我讲的生意经使你感到讨厌，是不是？

罗伯特　　（窘笑）不，安德鲁，我——我刚巧想起别的事情来。（皱眉）近来我常常想，要是我能有些像你那样的办事才干就好了。

安德鲁　　（认真地）有些事情我想谈谈，罗伯特，关于农庄的事，你不在乎吧。

罗伯特　　你讲吧。

安德鲁　　今天上午我跟露斯到农庄上走了一走，她跟我谈了一些事情——（闪烁其词）我看得出来农庄的光景不好。你不必责备自己，当一个人不走运——

罗伯特　　不是那样的，安德鲁！是我的错。你跟我一样清楚。最好的年头不过是够本罢了。

安德鲁　　（稍停）我积攒了一千多块钱，你可以拿去用。

罗伯特　　（坚决地）不。你要在布宜诺斯艾利斯做生意，你得拿那个做本钱。

安德鲁　　我不要。我能——

罗伯特　　（下定决心）不，安德鲁！说一不二，不要！我不听你的。

安德鲁　（抗议地）你真是个顽固的家伙！

罗伯特　噢，秋收以后，一切都会恢复正常。你不要担心！

安德鲁　（怀疑地）也许会。（稍顿之后）爸没有多活几年替你支撑门户，真是太不幸了。（动了感情）听见他去世，我心里像刀割一样。他始终没有软化下来，是不是？我是说，关于我的事。

罗伯特　应该说，他从来不理解你。他现在总理解了。

安德鲁　（稍停以后）使我不得不走的原因，你不会完全忘记吧，是不是，罗伯特？（罗伯特点点头，但掉过脸去）当时我比你更不懂事。我毕竟走了，那也是天意。上帝打开了我的眼睛，叫我明白我是怎样糊弄我自己。我在海上不到六个月，就把那一切忘得一干二净了。

罗伯特　（转身注意观察安德鲁的眼睛）你是在说——露斯吗？

安德鲁　（慌张）是的。我希望你不要误会，要不然我什么都不说了。（正视罗伯特的眼睛）我告诉你，我早就忘了，我说的是实话。说我那么容易把事情忘掉，听起来好像不像话，不过我想当时支配我的，实际上不过是一种孩子气的想法。现在我可以肯定我从来没恋爱过。我不过是闹着玩，自以为在恋爱，自以为是个英雄罢了。（他放心地长长叹了一口气）咳！我真高兴我把心里话都抖了出来。我自从回到家来，我一直觉得别扭，不知道你们两个是怎么想的。（他的声音里带有一丝恳求）你现在全都弄清楚了吧，罗伯特？

罗伯特　（低声地）是的，安德鲁。

安德鲁　我也要告诉露斯，要是我能鼓起勇气。经过从前的那一段，又不知道我对那件事的想法，现在我回到家来，她一定会觉得难受。

罗伯特 （慢吞吞地）为了她，也许还是不告诉她好。

安德鲁 为了她？噢，你是说她不愿意我再提起过去那些傻事吗？可是我还是认为那会更糟，要是——

罗伯特 （脱口而出——声音里含着痛苦）随你的便，安德鲁；看在上帝分上，这件事我们就不要谈了！（一顿。安德鲁莫名其妙，难受地望着罗伯特。过了一会儿，罗伯特继续说下去，徒然想故作镇静）请原谅，安德鲁，倒霉的头痛把我的神经都痛炸了。

安德鲁 （喃喃地）好吧，罗伯特，只要你不生我的气。

罗伯特 迪克舅舅今天早上没露面，哪儿去啦？

安德鲁 他到码头上去照料"圣代号"上的事。他说他不知道什么时候才能回来。等他回来，我也得去照料一下，所以我就穿了这一身衣服来。

玛丽 （指着左面山下）看！妈妈！妈妈！（她挣扎着站起来。露斯出现在左面。她身穿白色衣服，说明她在打扮。她显得漂亮，脸色通红，生气勃勃。）

玛丽 （跑向她妈妈）妈妈！

露斯 （吻她）哈啰，亲爱的！（她走向大石头，对罗伯特冷冷地说）杰克有事要找你。他先前干的活儿干完啦。他正在大路上等你。

罗伯特 （起身——没精打采地）我这就下去。（他望望露斯，看见她衣着一新，他的脸色因为痛苦而阴沉下去。）

露斯 请你把玛丽带去。（向玛丽）跟爹爹去，那才是个好娃娃。奶奶已经把你的午饭准备好了。

罗伯特 （简短地）来，玛丽！

玛丽 （拉住他的手，在他身边快乐地乱跳）爹爹！爹爹！（他们从左面下山。）

露斯　（从后面望了他们一会儿，皱皱眉，转身向安德鲁微笑）我要坐下。来，安德鲁。这就像往常一样。（她轻快地跳上石头顶上，坐下）从家里出来，这上面又好又凉快。

安德鲁　（半坐在大石头边上）是的，这里是很好。

露斯　为了欢迎你回来，我自动放了一天假。（兴奋地笑着）我觉得非常自由，真想生一双翅膀，飞到海上去。你是个男子汉，你不会懂得，一天到晚做饭、洗碟子多难受、多无味。

安德鲁　（做苦脸）我能猜想得到。

露斯　另外，你妈妈坚持要做第一顿饭给你接风。你回来了她可乐坏啦。要是你看见她慌慌张张把我赶出厨房的那副样子，你准会认为我是在阴谋毒害你咧。

安德鲁　妈就是那样，上帝保佑她！

露斯　她非常想念你。我们大家都想念你。今天早上我们到处看了一下，你看了我给你指点的地方，你听我跟你说的话，你不能否认，连农庄都想念你。

安德鲁　（皱皱眉）情况不好，那是事实！担子太重，压得可怜的罗伯特够呛！

露斯　（轻蔑地）只怪他自己。他对任何事都不发生兴趣。

安德鲁　（责备地）你不能怪他。他生来就不是个种庄稼的人。不过我知道，为了你，为了老人和小孩，他已经尽了最大的努力。

露斯　（冷淡地）是的，我想是那样。（欣喜地）谢天谢地，那种日子现在总算过去了。安德鲁，等你来接管下去，罗伯特经常抱怨的那种"坏运气"就不会再有了。农庄需要的是个内行，有预见又能及时做准备工作。

安德鲁　是的，罗伯特没有那种本领。他自己也坦白承认。我要想法替他雇一个好手，一个有经验的庄稼汉，在农庄上工作，一面拿工钱，一面按百分比分红。那就会把罗伯特手上的事情接管过去，罗伯特就不用担心得要死了。露斯，他的样子非常憔悴。他应该当心身体。

露斯　（心不在焉）是的，我想是那样。（他开头说的几句话使她充满了预感）你为什么要雇一个人来管事呢？既然你现在回来了，似乎就没有必要那么做了。

安德鲁　噢，我在这里，我当然要经管一切。我是说我走了以后。

露斯　（好像不能相信她的耳朵）走了以后？

安德鲁　我还要到阿根廷去。

露斯　（震惊）你还要去航海！

安德鲁　不，不是去航海。航海的事我永远不干了。我到布宜诺斯艾利斯去做粮食生意。

露斯　那是个很远的地方，是不是？

安德鲁　（从容地）大约六千英里。很远的一次旅行。（热情地）我在那里得到一个极好的机会，露斯。问问罗伯特去，我刚才全都告诉他了。

露斯　（脸上露出一股怒色）他没有劝你不要走吗？

安德鲁　（吃惊）没有，当然没有。为什么要劝呢？

露斯　（慢吞吞地，怀恨地）他就是那么个人 —— 不劝。

安德鲁　（不满地）罗伯特这个人太好啦，他知道我下决心做一件事，他绝不阻拦我。而且我跟他一说，他就明白那是多好的一个机会。

露斯 （头昏眼花地）你一定要走吗？

安德鲁 当然。噢，不是马上就走。我得等候一艘开往那里的船，也许要等很久。不管怎样，我想在家里待一阵子，看望看望亲戚朋友们，然后才走。

露斯 （愣住）哦。（突然感到苦恼）噢，安德鲁，你可不能走！你莫走。我们大家都想——我们大家一直都在盼望，都在祷告你回来待下，住在农庄上，管管事。你一定不能走。想想看，要是你走了，你妈会多么难受——要是你把农庄交给阿罗去照管，它会糟成什么样儿。你看不出来吗？

安德鲁 （皱眉）罗伯特干得并不太坏。我找个人来指导一下，农庄上的事不会有什么不妥当的。

露斯 （固执地）可是你妈——想想她吧！

安德鲁 我不在家，她已经习惯了。当她知道我出去，对她和我们大家都有极大的好处，她不会反对的。你问问罗伯特。几年之内，我就会发大财，等着瞧好了。那时我就回来住下，把这个农庄变成本州中顶呱呱的一个。同时，我在那边也能帮你们俩的忙。（恳切地）我告诉你，露斯，我一上岸，就好好干，我相信苦干和决心会成功的。我知道会成功的！（兴奋，带点夸张的口吻）我告诉你，我觉得我能做出比安安稳稳种庄稼更伟大的事来。这次航行多多少少启发了我。它告诉我，世界比我从前想的大得多。钉在这里，像一个苍蝇叮着糖浆似的，已经不能满足我了。这里的事情似乎很渺小。你应该能够懂得我的想法。

露斯 （沮丧地）是的，我想我懂得。（稍停之后，脑子里突然起了疑心）罗伯特跟你说了些什么——关于我的事？

安德鲁　说了？关于你的事？没有呀。

露斯　（紧紧瞅着他）你说的是实话吗，安德鲁？他没有说我——（她不知所措地说不下去了。）

安德鲁　（奇怪）没有，我记得他没有提到过你。为什么？你怎么会认为他讲到你呢？

露斯　（揉搓她的双手）噢，我真希望我能知道你是不是在说谎！

安德鲁　（气愤）你说的是什么话呀？我从来没有跟你说过谎，是不是？而且为什么要说谎呢？

露斯　（还不相信）你相信——你愿意发誓——（她的眼睛往下看，半转过身去）现在赶你再走开的原因和上次赶你出走的那个原因是相同的吗？要是为了同样的原因，我要对你说——你就不要走啦。（她说到末尾，她的声音降低到一种颤动、轻柔的耳语程度。）

安德鲁　（困惑——强笑）噢，原来你说的是这个意思呀？好吧，你不用再担心啦——（认真地）我不怪你，露斯。经过上次我做的那种傻事，出走以后，现在又回来，你自然觉得为难。

露斯　（她的希望破灭了，痛苦地喘气）噢，安德鲁！

安德鲁　（误会了）我知道我不应该跟你说这种傻话。不过我总是认为还是说出来的好。说出来，我们三个就能像往常一样，待在一起，不至于因为我们中间有人误会而感到担心。

露斯　安德鲁！请你不要说了吧！

安德鲁　既然开了头，现在就让我说下去吧。这可以帮助我们把事情弄清楚。我希望你不要认为，做过一次傻瓜的人，一定得做一辈子傻瓜；也不要因为我的傻事，老是感到不安。我希望你相信，我早就把那些傻念头丢掉了，现在——好像是——你向来就是我的妹妹，就是那么回事，露斯。

露斯 （受不了啦——歇斯底里地笑起来）上帝啊，安德鲁——请你不要说了吧！（她又把脸埋在双手里，两个下垂的肩膀发抖。）

安德鲁 （懊悔地）好像我今天一张嘴就说错话。当我想跟罗伯特提起这件事来，他几乎用了同样的话来封上我的嘴。

露斯 （凶凶地）你跟我说的话——你也跟他说了？

安德鲁 （惊讶）当然！为什么不能说呢？

露斯 （发抖）噢，我的上帝！

安德鲁 （吃惊）为什么？我不应该说吗？

露斯 （歇斯底里地）噢，你要干什么，我不在乎！我不在乎！不要管我！走吧！（安德鲁起身，从左面走下山去。她的行为使他为难，难过，莫名其妙。）

安德鲁 （稍停之后，指着山下）哈啰！他们回来了——船长也来了。我不明白，他怎么回来得这么快？那就是说，我得赶忙到码头上去上船。罗伯特把孩子也带来了。（他回到大石头跟前。露斯转过脸不看他）咳！我从来没见过一个爸爸像阿罗那样，和孩子那么亲热！她每动一步，他都在守着。我不怪他。你们俩都应该为她感到骄傲。她的确是个讨人喜欢的小娃娃。（他瞟瞟露斯，想看看要取得她的欢心的明显企图有没有什么效果）我看得出来，她一身上下都像阿罗，你看呢？当然不可否认她也有像你的地方。她的眼睛里就有某种——

露斯 （可怜地）噢，安德鲁，我头痛！我不想说话！请你走开，好不好？

安德鲁 （站在那里，对她瞅了一会儿，然后走开，话音里含着委屈）今天这里的每一个人好像都有火气。我开始觉得我是个不受欢迎的人了。(他站在左边路边,用鞋尖踢草。过了一时,迪克·司各特船长进来,罗伯特抱着玛丽跟在后面。船长和三年前一样,还是那么快快活活,兴致冲冲,似乎一点没变。他身穿制服,和安德鲁的一样。因为爬山,喘不过气来,一面使劲在脸上揩汗。罗伯特迅速扫了安德鲁一眼,注意到他不高兴的样子,随后转眼望望露斯。她在他们走近时,转过身去,用背对着他们,双手托着下巴,遥望大海。)

玛丽　妈妈!妈妈!(罗伯特把她放下,她跑向妈妈。露斯转身,用一种突然爆发的强烈温情,把玛丽搂在怀里,又迅速转过身去,背朝大家。以后她一直抱着玛丽。)

司各特　(喘气)哎哟!我给你带来了好消息,安德鲁。让我先喘一口气。哎哟!上帝啊,爬上这座倒霉的山,比大风天爬上桅杆还要吃力。我得休息一下。(他坐在草地上,揩脸。)

安德鲁　没料到你这么快就回来,舅舅。

司各特　我也没料到。我在海员俱乐部里碰巧得到了一点消息,我马上向后转跑来找你。

安德鲁　(焦急地)怎么回事,舅舅?

司各特　经过俱乐部,我想顺便进去,给他们打个招呼,因为你要离开,下次航行,我还缺少一个船副哩。管事的特别问到你。"你想他会考虑在一条船上当二副吗,船长?"他问。我正想说不会,忽然我想起你要再回到阿根廷去,所以我就问他:"什么船,开到哪里去?""'艾尔·巴索号',一条全新的货船,"他说,"开往布宜诺斯艾利斯去的。"

安德鲁　(眼睛发亮——高兴地)天哪,真走运!什么时候开船?

司各特　明天早上。我不知道你是不是愿意很快就走,所以我就跟他们说了。他说:"告诉他,我把位置给他保留到今天下

077

午。"就是这么回事,你自己可以做出选择。

安德鲁　　我想去。说不定要等上好几个月,才有一条船,开往布宜诺斯艾利斯,又有空位。(他的眼光从罗伯特身上转到露斯身上又倒转回来——犹豫不决地)可是,真混账,明天上午太紧了。我希望一个星期以后才开船。这倒是我的一个好机会——不过我刚刚到家,马上就走,总不好受吧。然而这又是千里挑一的好机会——(征求罗伯特的意见)你说呢,罗伯特?你说该怎么办?

罗伯特　　(强笑)你知道我也是犹豫不决的。(皱眉)这实在是难得碰到的好运气,我认为要抓住不放还得靠你自己。但是不要叫我来替你做决定。

露斯　　(转身望望安德鲁——用一种非常怨恨的腔调)对,走吧,安德鲁!(她又赶忙转过身去。接着是一阵令人难受的沉默。)

安德鲁　　(沉思地)是的,我想我得走。这样到头来对大家都有好处,你想是不是,罗伯特?(罗伯特点点头但没有说话。)

司各特　　(站起来)那么,事情就这样定了。

安德鲁　　(现在他已经下了决心,做出决定,他的声音里充满了希望、精神和力量)对,我一定接受那个位置。早去早回,那是不错的。下一次我决不会空着手回来。你们等着看好了!

司各特　　安德鲁,你的时间不多了。为了保险,你最好赶快离开这里。我得马上回到船上去,你最好跟我一道走。

安德鲁　　我要回去把行李马上收拾好。

罗伯特　　(从容地)你们两个都来吃午饭,好吧?

安德鲁　　(心烦意乱地)难说了。时间够吗?不知道现在是什么时候了。

罗伯特　（责备地）妈妈特别为你做了饭菜，安德鲁。

安德鲁　（红脸——不好意思）该死！我倒忘记了！我当然要留下吃饭，就是耽误了世界上所有的船，我也不在乎。（他转身向船长，轻快地）走吧，舅舅。跟我到屋里去，一路上你可以把这个空位的事跟我讲得更详细一点。我一定要在吃饭以前把行李收拾好。（他和船长从左边往下走。安德鲁回头叫道）你们马上就来，是不是，罗伯特？

罗伯特　是的，我就下去。（安德鲁和船长走了。露斯把玛丽放在地上，用双手捂住她的脸。她的肩膀颤动得好像在哭。罗伯特望着她，表情严峻而阴沉。玛丽惊奇的眼光盯在她妈妈身上，向罗伯特倒退过去。）

玛丽　（她的声音里含有模糊的恐惧，她拉住她爸爸的手）爹爹，妈妈在哭，爹爹。

罗伯特　（俯身下去，抚摸她的头发——极力不让他的声音听起来刺耳）不，她没有哭，小宝贝。太阳刺痛了她的眼睛，没有别的。你觉得饿了吗，玛丽？

玛丽　（肯定地）饿了，爹爹。

罗伯特　（有意地）现在是你吃饭的时候了。

露斯　（声音含含糊糊地）我来了，玛丽。（她赶快揩揩眼睛，没有看罗伯特一眼，走过来，拉住玛丽的手——用一种沉闷的声音）来，我替你弄饭去。（她从左边走下，她的眼睛望着地面，手里拖着蹦蹦跳跳的玛丽。罗伯特等了片刻，让她们先走，然后慢慢跟着走下。）

〔幕落〕

第 三 幕

第一场

景：和第二幕第一场一样——农庄的会客室，五年以后，十月末的一天早晨大约六点钟光景。天还未亮，演出进行中，窗外的黑暗逐渐变成灰白色。

桌上有一盏煤油灯，玻璃灯罩上烟熏火燎的，就着灯光，可以看出屋里一副破落衰败的样子。窗帘又破又脏，还少了一个。书桌上积满了灰尘，成灰白色，好像多年不曾用过了。壁纸上都是霉迹，不成样子。旧地毯上，通向厨房和外门的那两段已经快磨破了。没铺桌布的餐桌面上留下许多碟印和倒出食物的污痕。一张摇椅的横木已坏，现在胡乱钉上一块白木板。没有刷过色的铁炉子生了一层黄锈。一堆木柴乱堆在炉子旁边墙跟前。

屋里的整个气氛，跟多年以前的完全不同，是一种习以为常的贫穷，已经穷到不以为耻，甚至到不能自觉的程度了。

〔幕启时，露斯坐在火炉旁边，伸出双手取暖，好像屋里空气又潮又冷。一条厚厚的围巾包着她的双肩，半掩着她身穿重孝的服装。她老得可怕。皱纹很深的苍白色的脸有一种麻木不仁的表情,好像对她这个人,一切都不存在了,她的感情能量已经枯竭了。她说话时,她的声音没有音色,低而单调。衣服邋遢,已经斑白了的头发乱七八糟,泥污的鞋子连后跟都踩倒了,这一切充分证明她对生活漠不关心。

〔她的母亲在炉子后边轮椅中睡着了,身上裹着毯子。

〔后面卧室的门是开着的,从那里传来响声,好像有人下床。露斯朝那个方向转过头去,脸上带着沉闷的厌烦神色。过了一时,罗伯特出现在门口,把虚弱的身子靠在门上。他的头发长而蓬乱,脸和身子都消瘦了。颧骨上有几块鲜艳的红斑,他的眼睛因为热病正在发烧。他身穿灯芯绒裤子、法兰绒衬衫,赤着脚,趿拉着毡子的破拖鞋。

露斯　　（沉闷地）嘘——嘘!妈睡着了。

罗伯特　　（费力地说）我不会吵醒她的。(他虚弱地走向餐桌旁边的摇椅,疲乏地坐下去。)

露斯　　（瞪着火炉)你最好坐到火炉边上,这里暖些。

罗伯特　　不。我现在热得像火烤似的。

露斯　　那是发烧。医生告诉你不要起来活动。

罗伯特　　（不耐烦)那个石头脑瓜!他什么都不懂。上床去,待在那里,那就是他的唯一药方。

露斯　　（无所谓地）你现在觉得怎样?

罗伯特　　（精神活泼地）好多啦!很久以来都没有觉得这样好过。我现在真的很好——只不过很虚。我想,到了转折点啦。从现在起我会很快复原,快得使你吃惊——而且跟那个老庸医毫不相干。

露斯　他总是照顾我们的。

罗伯特　你是说照护我们去死吧!他照护死了爸和妈——(语不成声)——还有玛丽。

露斯　(沉闷地)我想,他尽了最大的努力。(稍顿之后)好啦,阿安回来,会带一位专门医生来,那该使你满意了吧。

罗伯特　(尖刻地)你等了一通宵,就是为了那个?

露斯　是的。

罗伯特　等安德鲁吗?

露斯　(没有一点感情)总得有个人等。离开家已经五年啦,总得有个人迎接他才对。

罗伯特　(带着尖刻的讽嘲)五年呀!时间可长啦。

露斯　是的。

罗伯特　(有意地)等了五年呀!

露斯　(无所谓地)反正现在已经等到头了。

罗伯特　是的。已经等到头了。(稍停之后)他打来的两个电报在你手里吗?(露斯点头)让我看看,好吗?电报来的时候,我的头烧得厉害,我看不出头和脑来。(匆忙地)不过我现在觉得好了。让我再看看。(露斯从怀里掏出电报,交给他。)

露斯　拿去。先来的在上面。

罗伯特　(打开)纽约。"刚登岸,因要事逗留,事毕即返。"(他尖酸地微笑)"生意第一"向来是安德鲁的信条。(他继续念)"祝大家好。安德鲁。"(他讽刺地重复一句)"祝大家好!"

露斯　(乏味地)他不知道你病了,我回电告诉他,他才知道。

罗伯特　（后悔地）当然他不知道。我真傻。我近来好发脾气。你回电里说了些什么？

露斯　（前言不搭后语地）我只好打了个收报人付钱的电报。

罗伯特　（不耐烦）你说我得了什么病？

露斯　我说你得了肺病。

罗伯特　（微微生气）你真傻！我跟你说过好多次了，我得的是胸膜炎。你好像弄不清楚，胸膜是在肺外面，不在肺里面！

露斯　（麻木地）史密斯大夫怎么说我就怎么讲。

罗伯特　（发火）他是个笨蛋！

露斯　（无味地）反正都一样。我总得告诉安德鲁点什么，是不是？

罗伯特　（稍顿以后，打开另一封电报）他昨天晚上发的。让我来看看。（念）"电悉。搭夜车回家。带专门医生为罗伯特看病。从港口乘汽车回农庄。"（他计算时间）现在是什么时候了？

露斯　总快六点了。

罗伯特　他应该很快就到了。我真高兴他带了一个懂行的大夫来。一个专门医生马上就会告诉你，我的肺没有毛病。

露斯　（生硬地）你近来咳嗽得很厉害。

罗伯特　（不耐烦）胡说！难道你自己没有得过重伤风吗？（露斯默默地瞅着火炉。罗伯特坐在椅子里心烦意乱。一顿。最后罗伯特的眼光盯在睡觉的艾特金太太身上）你妈真幸福，能睡得那么熟。

露斯　妈疲倦了。她跟我一起守了大半夜哩。

罗伯特　（嘲讽地）她也在等候安德鲁吗？（一顿，叹气）我怎样也睡不着。我数羊，从一头数到十万头，也没用！最后我不数了，干脆躺在黑暗中想心思。（他停下，然后用温柔的同情声调说下去)我想起了你,露斯——最近这些年来你的日子实在太难过了。(恳求地)我对不起你,露斯。

露斯 (死气沉沉地)我也说不上来。反正现在过去了。这些年我们大家都受了罪。

罗伯特 是的,大家都受了罪,只有安德鲁例外。(冒出一种病态的嫉妒)安德鲁得到了很大的成功——称心满意了。(讽嘲地)现在他回到家来,让我们崇拜他的了不起。(皱眉——气恼地)我胡说些什么呀? 我的脑子一定是出了毛病了。(稍停之后)是的,这些年对于我们两个实在可怕。(他的声音降低到一种颤抖的耳语)特别是玛丽死后的八个月。(他浑身战抖,忍住哭泣,然后沉痛地说)我们最后的幸福希望! 如果真有一个上帝,我要从我的心眼里诅咒他! (一阵剧烈的咳嗽使他摇摇晃晃,他赶忙用手帕捂住嘴。)

露斯 (不看他)玛丽死了,倒还好些。

罗伯特 (阴郁地)要是我们都死了,会好过些。(忽然气愤)你告诉你那个妈妈,不许她再说,玛丽的死是因为我遗传给她的体质太弱。(软弱得几乎流下泪来)不许她那么说,我告诉你!

露斯 (严厉地)嘘——嘘! 你会吵醒她的;那时她不是跟你,而是跟我唠叨。

罗伯特 (咳嗽,虚弱地靠在椅背上——一顿)你妈妈怨恨我,就因为我没有求阿安帮忙。

露斯 (怨恨地)你本来是可以求他的,他有的是钱。

罗伯特 你怎么偏偏想起向他要钱呢?

露斯 (沉闷地)我看没有什么害处。他是你自己的哥哥。

罗伯特 (耸耸肩)跟你讲有什么用呢? 哼,我不能那么干。(高傲地）谢天谢地，我总算维持下来了。你不能否认，没人帮忙我也能——（他苦笑一声，说不下去了）我的天，我吹什么牛呢？欠这个、那个的债，捐税和利息都没有付！我是个傻瓜！（他靠在椅子上，暂时闭上眼睛，随后低声说）坦白地说，露斯，我完全失败了，又拖累了你。平心静气地说——你恨我，我并不怪你。

露斯 （麻木地）我不恨你。我也有错误，我想。

罗伯特 不，你爱安德鲁，那也难怪你。

露斯 （迟钝地）什么人我都不爱。

罗伯特 （不理睬她的话）你不必否认。那也没有什么关系。（稍停以后——带着温柔的微笑）露斯，你知道我躺在黑暗里梦想什么吗？（一笑）我正在打算，我的病好了以后，我们要有一个什么样的前途。（他用一种恳求的眼光望着她，好像害怕她要讥笑他。她的表情没有变化。她瞅着火炉。他的声音含有一种热情的声调）说来说去，为什么我们就不应该有个前途呢？我们现在还年轻。要是我们能摆脱这个倒霉的农庄就好了！就是这个该死的农庄把我们的生活搞得一团糟！现在阿安回来了——我要丢掉我的傲气，露斯！我要向他借一笔钱，让我们到城里去开辟一条新路。让我们到活蹦乱跳的人们当中去，而不是到一潭死水的地方去，重新做起。（自信地）城里和乡下大不一样，我不会失败的，露斯。在城里，我不会再让你觉得丢脸。我要向你证明，我念过的书会有一点用处。（模模糊糊地）我要写点东西，或者做那一类的事情。我常常想写点东西。（恳求地）你愿意吗，露斯？

露斯 （迟钝地）还有妈哩。

罗伯特　　她可以跟我们一起走。

露斯　　她不会走的。

罗伯特　　（生气）那就是你的答复呀！（他气得发抖。他的声音显得如此古怪，露斯吃惊地回过头来望望他）露斯，你撒谎！你拿你妈做借口。你想留在这里。你那么想，因为安德鲁就要回来了——（他透不过气来，大咳一阵。）

露斯　　（起身——声音里带着惊慌）怎么啦？（她走到他跟前）我跟你去，罗伯特。不要那么咳嗽了，那对你很不好。（她用闷声闷气的话安慰他）你的病一好，我就跟你到城里去。说老实的，罗伯特，我答应去！（罗伯特靠在椅子上，闭上眼。她站着俯身看着他，焦急地）你现在觉得好些吗？

罗伯特　　是的。（露斯回到她的原位上。过了一会儿，他张开眼睛，坐了起来。他的脸红红的，显得高兴）那么你愿意走啦，露斯？

露斯　　是的。

罗伯特　　（兴奋地）我们重新做起，露斯，你和我。我们受了那么多苦难，生活欠了我们幸福债。（激昂地）这笔债一定要还！否则我们受苦受难就毫无意义——那是难以想象的。

露斯　　（他的兴奋使她担心）是的，是的，当然，罗伯特，可是你不能——

罗伯特　　噢，不要害怕。我觉得完全好了，真的——我现在又有了希望。噢，要是你知道又觉得有了可以期望的东西，该是多么了不起啊！你能不感到那种激动吗？——经过这么多的可怕年头，你能不感到一种新的生活理想又在我们面前展开的那种快感吗？

露斯　　是的，是的，不过一定要——

罗伯特　　胡说！我才不要当心哩。我正在恢复我的全部体力。（他轻快地站起来）瞧！我觉得身轻如毛。（他走向她的座椅，俯身微笑地吻她）接一个吻——多年来的第一次，是不是？——来欢迎我们新生活的黎明。

露斯　　（让他吻——担心地）坐下来，罗伯特！

罗伯特　　（带着温柔的固执——抚摩她的头发）我不愿意坐下。你真傻，有什么可担心的。（他把一只手放在她的椅背上）听我说，我们受的一切苦难是一种考验，通过考验证明我们应该过更幸福的生活。（狂喜地）我们确实通过了考验！它并没有打垮我们！现在这个梦想就要实现了！难道你没有看出来吗？

露斯　　（用吃惊的眼光望着他，好像她认为他发了疯）是的，罗伯特，我看出来啦。现在你回到床上去，休息一下好不好？

罗伯特　　不。我要看看日出。日出预兆好的运道。（他快步走到左后方窗户跟前，拉开窗帘，站在那里朝外望。露斯跳起来，赶快跑到餐桌左边，她站在那里用一种紧张、焦急态度观察着罗伯特。他向外看时，他的身体好像渐渐瘫软疲乏，要倒下似的。他说起话来，声音是悲伤的）太阳还没有出来。不到时候。我能看见的就是白茫茫的背景上，那些该死的山头上的黑边。（他转身，放下窗帘，伸一只手扶墙，支持身子。一时的、虚假的体力消散了，他的脸色阴沉，眼睛深陷。他勉力想笑笑）不是一个很鼓舞人的兆头，是不是？不过太阳很快就要出来了。（他虚弱地摇摇晃晃。）

露斯　　（急忙走到他身边扶他）请上床去，罗伯特，好不好？专科医生就要来看你了，你不要搞得精疲力竭吧！

罗伯特　　（很快地）你说得对。不要让他认为我病得比实际情况更严重。现在我倒觉得，好像我能睡觉了——（愉快地）好好地、美美地、舒舒服服地睡它一觉。

露斯 （扶他到卧室门口）那才是你最需要的。（他们走进屋去。片刻之后，她又出来，回头说）我把这扇门关上，你会觉得清静些。（她关上门，赶快走向她妈妈，摇晃她的肩膀）妈！妈！醒来！

艾特金太太 （一惊醒来）上帝啊！你怎么回事？

露斯 关于罗伯特的事。他刚才在这里跟我说话来着。我打发他上床睡觉去了。（现在她相信她妈妈醒了，她的恐惧过去了，她又沉入那种沉闷的漠不关心的状态中。她坐在椅子里，瞪着火炉子——沉闷地）他的举动——古怪；他的眼睛看起来——那么疯狂。

艾特金太太 （疾言厉色）我睡得好好的，你把我叫醒，吓得我晕头转向，就是为了这种事吗？

露斯 我害怕。他说些疯话。我又无法叫他安静下来，更不愿单独跟他待在一起。天晓得他会干出什么来。

艾特金太太 （轻蔑地）哼！我是个寸步难行的人，对你能帮什么忙！为什么不跑去找杰克？

露斯 （沉闷地）杰克不在这里。他昨天晚上不干啦。他有三个月没拿到工钱了。

艾特金太太 （气愤）我不怪他。正派的人谁愿意在这么个地方做工呢？（突然恼怒）噢，我倒希望你从前没嫁给那个人！

露斯 （没精打采地）他现在病在床上，你就不要说他吧。

艾特金太太 （气极了）你知道得很清楚，露斯，要不是我偷偷地用我的积蓄帮助你们，你们两个早就进了贫民院了，全都因为他的顽固的骄傲，不让安德鲁知道事实真相。我是一个无依无靠的病老婆子，我拿出我积攒的养老钱来养活他，真是冤枉!

露斯　安德鲁会还你的,妈。我跟安德鲁说,不让罗伯特知道就是了。

艾特金太太　(鼻子里嗤一声)我倒想知道,罗伯特认为你和他是靠什么生活的?

露斯　(沉闷地)我想,他没有想过。(稍停之后)他说,他下了决心等安德鲁回来,就找他帮忙。(厨房里的钟敲了六点)六点了。安德鲁马上就会到这里。

艾特金太太　你认为这个专科医生对罗伯特会有什么好处吗?

露斯　(绝望地)我不知道。(两个女人沉默了一会儿,沮丧地瞪着火炉。)

艾特金太太　(生气地打寒战)加几块木柴在火上。我冻得要命。

露斯　(指着后面的门)说话不要那么响。他能睡就让他睡一时。(她疲乏地站起来,取了几块木柴放进火炉)这是最后的劈柴了。杰克走了,我不知道谁会多劈点木柴。(她叹气,走向左后面的窗户,拉开窗帘向外看)外面天快亮了。(她回到火炉边。)看起来今天天气不错。(她伸出手去烤火)昨天夜里霜一定重。天气既然过早地暖和了一阵子,现在就要得到报应。(汽车的轰轰隆隆声音从外面远处传来。)

艾特金太太　(敏感地)嘘——嘘!听啊!我听见的不是汽车声吗?

露斯　(不感兴趣地)是的,我想,那是安德鲁。

艾特金太太　(带着神经紧张的气恼)别像个傻瓜一样坐在那里了。看看这屋子乱成了什么样!那个新来的医生会把我们当成什么人呢?瞧瞧那个灯罩上全是黑烟!哎哟!露斯——

露斯　(冷淡地)我弄了一盏干净灯在厨房里。

艾特金太太　（命令式地）马上推我到厨房里去。我才不想叫他把我看成一个怪物哩。我想躺在那边屋里。你现在不需要我,我也瞌睡得要命。（露斯推她妈妈由右边下。马达声更响,终于不响了,汽车在房前大路上停下。露斯从厨房回来,手里端了一盏点亮的灯,放在桌上另一盏灯旁边。小路上响起了脚步声——接着一阵厉害的敲门声。露斯去开门。安德鲁进来,身后跟着傅塞特大夫,手里提了一个黑色小皮包。安德鲁大有改变。他的脸色好像变得很紧张,由于果断的神气显得严峻,那是因为经常处于压力之下,非得当机做出精确的判断不可。他的眼睛更敏感,更机警,甚至暗示出无情的狡黠。目前他的表情却是焦急。傅塞特大夫是个矮矮的、黑黑的中年人,留着尖尖的胡子。他戴眼镜。）

露斯　哈啰,安德鲁!我一直在等——

安德鲁　（匆匆吻她）我尽快地赶回来。（他一面脱下帽子,大衣放在桌上,一面替露斯和大夫介绍。他穿了一身讲究的衣服,胖了一些）我的弟媳梅约太太——傅塞特大夫。（他们默默地互相鞠躬。安德鲁飞快地打量了一下屋子）罗伯特在哪里?

露斯　（指着）在那里。

安德鲁　我来替你拿大衣和帽子,大夫。（一面帮着大夫脱衣服）他病得很重吗,露斯?

露斯　（沉闷地）他越来越虚弱了。

安德鲁　糟糕!这边走,大夫。拿灯来,露斯。（他走进卧室,后面跟着大夫和露斯。露斯手里拿着干净的灯。露斯进屋后马上又出来,随手带上门,慢吞吞地走向外面的那扇门,把门打开,站在门道口向外望。卧室里传出安德鲁和罗伯特说话的声音。片刻之后,安德鲁也出来,随手把门轻轻带上。他走向前,在餐桌右边的摇椅上坐下,头靠在手上。他脸上有一种惊慌、沉痛的表情。他重重地叹了一口气。伤心地望着前方。露斯转身,站着望他。随后她关上门,回来坐在火炉旁的椅子上,挪动一下椅子,面对安德鲁。)

安德鲁 （赶紧抬起头来——粗声粗气地）这种情形有多久了？

露斯 你是说——他病了有多久吗？

安德鲁 （简略地）当然！还能有别的吗？

露斯 去年夏天,他就犯过一次重病——自从八个月前,玛丽死了以后,他一直没有好过。

安德鲁 （严厉地）为什么你不给我打电报,告诉我呢？你们都想要他死吗？看起来倒是真像那么回事！（语不成声）可怜的人！病倒在这个乡旮旯里,除了一名乡下庸医,又没有人照料他！真是糟心！

露斯 （迟钝地）有一次我想告诉你,跟他一说,他简直气得快发疯。他说,他太骄傲了,不愿意求任何东西。

安德鲁 骄傲？求我？（他跳起来,不安地走来走去）我真不懂你们是怎么搞的。难道你看不出他病得多重吗？你不知道——哎呀,我看见他的时候,几乎晕倒！他的模样——（战栗）——真可怕！（带着强烈的不满）我想你向来认为他身子单薄,习惯了,就把他的病当作理所当然的事。上帝,要是我早知道就好啦！

露斯 （毫无感情）寄一封信要很久才能寄到你那里——我们又打不起电报。我们欠了所有人的债,我不能再问妈要。她一直从她的积蓄里借钱给我,现在剩下的也没有多少了。跟罗伯特可别提,我从来没有告诉过他。要是他知道了,他会跟我发脾气的。可是我只好那么办,要是我不借,天晓得我们会怎样活下去。

安德鲁 你是说——（他的眼睛好像第一次看清了屋内的穷相）你打的那份由我付钱的电报，是因为——（露斯默默地点头。安德鲁用拳头猛敲桌子）我的天！我这些年一直——我什么都有！（他坐下，把椅子拖到露斯跟前——感情激动地）不过，我想不通。为什么？为什么？到底出了什么事？怎么会搞成这样的？告诉我！

露斯 （迟钝地）没有什么可说的。事情一直坏下去，就是这么回事——罗伯特好像也不在意。自从你妈死了以后，他对什么事都不感兴趣。那以后，他请人来管事，那些人全都骗他——他又闹不清楚——后来又一个一个走了。随后玛丽死了，他就什么事都不再放在心上了，只待在家里看书。所以我只好求我妈帮帮我们的忙。

安德鲁 （惊讶）哎呀，该死，真可怕！罗伯特不让我知道，准是发了疯。太骄傲了，不愿意求我帮忙！他到底是怎么回事呢？（突然起了一种可怕的疑心）露斯！老实告诉我。他的脑子不会出什么毛病吧，会不会？

露斯 （迟钝地）我不知道。玛丽的死使他非常伤心——不过，我想，到现在他也习惯了。

安德鲁 （奇怪地望着她）你是说，你也习惯了吧？

露斯 （带着死气沉沉的腔调）到了一定时候，你觉得什么——不管什么——都无所谓了。

安德鲁 （盯着眼睛瞅了她一时——非常怜惜她）要是我错怪了你，原谅我吧，露斯。我没有懂得——一看到罗伯特躺在那里，病到那种地步，我对每一个人都有气。原谅我，露斯。

露斯 没有什么要原谅的。没有什么关系。

安德鲁 （又跳起来，走来走去）谢天谢地我及时赶了回来。这位大夫知道怎样治病。这是首先要考虑的。等罗伯特好了起来，我们再把农庄工作好好调整一番。我走之前，我要把它办好。

露斯 你还要走吗？

安德鲁 非走不可。

露斯 你写给罗伯特的信里说，这次要回来住下了。

安德鲁 我原来希望那样，到了纽约，我才了解到一些情况，不走不行。（匆匆一笑）说老实话，露斯，我已经不是像我信里说的，像你所相信的那个有钱的人了。写信的时候我还是个有钱的人。当我一板一眼做合法买卖时，我赚了钱；可是我不满足。我希望钱来得更容易点，于是就像所有的笨蛋那样，做起投机生意来。噢，我能得手！有好几次，我几乎成了百万富翁——账本上的——随后又一败涂地。最后那个紧张劲使人受不了，我讨厌我自己，下定决心，抽身回家，洗手不干，重新过真正生活。（他发出刺耳笑声）现在讲到了故事的有趣部分。开船之前，我看到我认为又有了可以重新成为百万富翁的机会。（他用手指头打榧子）就那么容易！我投了资，事情还未见分晓，我动了身。我自信万无一失。可是等我到了纽约——我不是打电报给你，说我有事情要办吗？哼，事情倒办理了我！（他狞笑，走来走去，手插在口袋里。）

露斯 （迟钝地）你发现——什么都失掉了吧？

安德鲁 （又坐下）差不多。（从口袋里掏出一根雪茄烟，咬掉一端，点上火）噢，我并不是说我已经完全破产。从那个乱摊子里，我还剩下万把块钱，也许两万。苦干五年，就剩那么一点，未免太可怜了。所以我必须回去，（自信地）我在那里有一两年就可以把钱赚回来，而且不需要什么本钱。（一种疲乏的表情掠过他的脸上，他沉重地叹气）我希望我不用去。我讨厌做生意。

露斯 太坏了，事情好像不顺手。

安德鲁 （抛开不痛快——轻快地）事情也许会更坏一些。不过剩下来的钱，足够在我走开以前，整顿农庄的了。在阿罗的病好转以前我不会走。同时我要赶快收拾这个地方。（满意地）我需要休息，我需要的那种休息就是田里的辛勤劳动，像我从前常干的活。（突然打住，小心地放低声音）关于我亏钱的事，一个字都不要跟罗伯特说！记住，露斯！你知道为什么。要是他变得那么好发脾气，要是他知道我穷了，他一分钱都不会接受。懂吗？

露斯 是的，安德鲁。（一顿。安德鲁出神地抽烟，他的脑子显然忙于思考未来的计划。卧室的门打开了，傅塞特大夫进来，手里提着皮包。他悄悄地随手带上门，走上前来，脸上带着一种严重的神色。安德鲁从椅子里跳起。）

安德鲁 啊，大夫！（他推了一张椅子在他自己和露斯的椅子之间）请坐。

傅塞特 （望望手表）我得赶九点钟的车回城，非回去不可，我只有一点时间了。（坐下，清理一下喉咙——用一种敷衍笼统的腔调）梅约先生，令弟的病是——（他停下，望望露斯，暗示安德鲁）也许最好我跟你——

露斯 （固执地表示不满）我懂得你的意思，大夫。（迟钝地）不要怕我受不了。我吃苦受罪到现在已经习惯了。我猜得出来你检查的结果。（她犹豫一下，随后用单调的声音说下去）罗伯特快要死了。

安德鲁 （生气）露斯！

傅塞特 （举起一只手要求他不要说话）关于令弟的病状，我诊断的恐怕跟梅约太太的结论是一样的。

安德鲁 （呻吟）但是，大夫，当然——

傅塞特 （平静地）令弟活不久啦——也许几天，也许只有几小时。他能活到现在，真是一件奇事。根据我的检查，他的两个肺都烂了。

安德鲁 （伤心地）我的天！（露斯的眼睛出神地盯在膝头上。）

傅塞特 我很抱歉，不能不把这种话告诉你。要是还有什么办法可想——

安德鲁 难道没有办法了吗？

傅塞特 （摇头）太晚啦。六个月前，也许还有——

安德鲁 （苦恼）要是我们把他带到山里——或者亚利桑那——或者——

傅塞特 六个月前，也许可以延长他的寿命。（安德鲁呻吟）但是现在——（他耸耸肩膀表示绝望。）

安德鲁 （突然想起一件事情，感到惊慌）天哪，这话你没有跟他说吧，大夫？

傅塞特 没有。我骗了他。我说，改变一下气候——（他又神经紧张地望望手表）我得走了。（他起身。）

安德鲁 （站起——固执地）总还是有点办法的——

傅塞特 （好像是向一个小孩子做担保）最后总有办法——奇迹。（他戴上帽子，穿上大衣，向露斯鞠躬）再见，梅约太太。

露斯 （连眼睛都没抬——闷闷地）再见。

安德鲁　　（机械地）我送你上汽车，大夫。（他们走出门。露斯坐着一动不动。车子开动了，声音越去越远。安德鲁又进来，坐在椅子上，双手托着头）露斯！（她抬起眼睛望望他）我们最好进去看看他吧？天哪！我怕去！我知道他会从我脸上看出来的。（卧室门轻轻开，罗伯特出现在门口。他的两颊烧得通红，他的眼睛显得特别大而有光。安德鲁带着呻吟继续说下去）露斯，不会的。不会像他说的那么绝望。总能想出一个办法。我们带阿罗到亚利桑那去。他一定会好起来。一定会有办法的！

罗伯特　　（轻声轻气）为什么一定会有呢，安德鲁？（露斯转过身来，用吃惊的眼睛盯着他。）

安德鲁　　（转过身）罗伯特！（责备地）你下床来干什么？（他起身向罗伯特走去）听大夫的话，马上回去，要不然你会挨骂的！

罗伯特　　（不睬）扶我到那边椅子上，安德鲁。

安德鲁　　我才不扶你哩！你马上回到床上去，那才是你该去的地方，待在那里！（他抓住罗伯特的手臂。）

罗伯特　　（讥讽地）待在那里待到死吗，安德鲁？（冷冷地）不要孩子气。我都躺厌了。坐起来更舒服些。（他看见安德鲁迟疑不决，于是强烈抗议）你把我一放到床上，我发誓，我马上就起来，除非你坐到我的胸口上，那对我的病不会有什么好处。来吧，安德鲁。不要傻里傻气了。我想跟你谈谈，现在就谈。（惨然一笑）一个快要死的人总该有谈话的权利吧，是不是？

安德鲁　　（不禁打了个冷战）不要胡说！要是你答应不胡说，我就让你坐下，记住。（他扶罗伯特坐在他和露斯之间的椅子上）现在坐好了！就坐在这里吧！等一等，我给你拿一个枕头来。（他走进卧室。罗伯特望望露斯，她吓得往后缩。罗伯特苦笑。安德鲁拿了一个枕头回来,放在罗伯特背后)怎么样?

罗伯特　(亲热地微笑)好极了!谢谢你!(安德鲁也坐下)听我说,安德鲁。你叫我不要说话,等我把我的情况讲清楚,我就不说了。(慢慢地)首先,我知道我快要死了。(露斯低下头,双手捂住脸,在这以后,当两兄弟对话时,她一直保持这个姿态。)

安德鲁　罗伯特!不会那样!

罗伯特　(没精打采地)会的!不要骗我了。你回家之前,露斯打发我上床之后,我就开始看清楚了。(辛酸地)我那时还在计划我们的未来——露斯和我的——所以觉悟到这一点是不容易的。后来大夫来检查了,尽管他想瞒我,我还是知道了。为了证实,我在房门口听他跟你说的话,所以不要拿亚利桑那的神话故事,或者那一类的废话来嘲笑我。不能因为我快要死了,你们就把我当作一个废物或者胆小鬼看。现在我既然确实知道我的前途,我也就完全放心了。倒是那种模模糊糊才使人难受。(一顿。安德鲁在痛苦中茫然四顾,不知道说什么才好。罗伯特向他亲切地微笑。)

安德鲁　(终于脱口说出)并不是装糊涂,确实还有希望。要是你听见大夫说的全部的话,你就会知道了。

罗伯特　噢,你是说他讲的奇迹吗?(无味地)我不相信奇迹。还有,我比世界上任何医生都知道得清楚——因为我感觉到了。(撇开话题)我们已经同意不去谈它。跟我讲讲你自己吧,安德鲁。那才是我感兴趣的事。你的信太简单,不大鲜明。

安德鲁　我本来想多写几封。

罗伯特　(带着一丝讽刺)从你的信上看,五年以前,你打算要做的事都已经完成了吧?

安德鲁　　那没有什么可夸耀的。

罗伯特　　(吃惊)你真的、确实地都做到了?

安德鲁　　哼,现在看来也没有什么了不起。

罗伯特　　不过,你发了财,是不是?

安德鲁　　(赶紧望了露斯一眼)是的,我想是的。

罗伯特　　我很高兴。我在农庄上没有办到的你都可以办起来。但是在那边干什么? 告诉我。你跟你那位朋友做粮食生意吗?

安德鲁　　是的。两年以后,我就入了股。去年我把股份卖了。(他很不愿意回答罗伯特的问题。)

罗伯特　　以后呢?

安德鲁　　我自己做生意。

罗伯特　　还是做粮食生意吗?

安德鲁　　是的。

罗伯特　　怎么回事? 看你的神气,好像认为我是在责备你似的。

安德鲁　　头四年我干得很出色。后来我就不敢夸口了。我做了投机买卖。

罗伯特　　买卖小麦吗?

安德鲁　　是的。

罗伯特　　你用赌博来赚钱?

安德鲁　　是的。

罗伯特　　(沉思地)我正在想,你的变化实在不小。(一顿之后)你 —— 一个庄稼汉 —— 拿着几个纸条在小麦交易场赌博。安德鲁,这么一幅图是有重要意义的。(他苦笑)我是一个失败者,露斯也是一个失败者。不过我们两个可以把犯下错误的责任推在上帝身上。安德鲁，你可是我们三个当中失败得最彻底的。你离开你自己的本行已经有八年之久。你明白我的意思吗？你爱农庄的时候，你本来是个生产者。你跟你的生活是和谐一致的。可是现在——（他停下，好像找不到合适的字眼）我的脑子糊涂了。我要说的意思就是，你拿你喜爱生产的东西来赌博，说明你在邪路上走了多么远，所以你要受到惩罚。你得受受罪才能回到——（他的声音变得更弱，他疲乏地叹气）没有用啦。我说不出来。（他向后靠，闭上眼睛，喘气。）

安德鲁 （慢吞吞地）我想我明白你的意思，罗伯特，你说得对。

（罗伯特感谢地微笑，伸出手来，安德鲁握住。）

罗伯特 我请你答应我做一件事，安德鲁，等——

安德鲁 我什么都答应，上帝做证！

罗伯特 要记住，安德鲁，露斯受了加倍的苦。（他的声音因为虚弱变得结结巴巴）只有接触苦难，安德鲁，你才会——觉悟。听我说，你以后，一定要跟露斯结婚。

露斯 （带哭声）罗伯特！（罗伯特靠在椅背上，闭上眼，困难地喘气。）

安德鲁 （向她做手势，叫她迁就他——温柔地）罗伯特，你累了，你还是躺下来，休息一会儿好，你看是不是？我们以后还可以谈。

罗伯特 （带着一种嘲讽的微笑）以后！你始终是个乐观派，安德鲁！（他精疲力竭地叹气）是的，我要去休息一时。（安德鲁走上前去扶他）太阳快出来了，是不是？

安德鲁 六点多了。

罗伯特 （安德鲁扶他走进卧室）关上门，安德鲁。我想一个人待一会儿。(安德鲁又出来,轻轻带上门。他走到椅子跟前,又坐下,双手托着头。他的脸色因为欲哭无泪的痛苦而显得紧张。)

露斯 (望望他 —— 害怕地)他的精神现在有些不正常吧,是不是?

安德鲁 也许有点昏迷,烧的。(带着无可奈何的气愤)上帝呀,真叫人难受! 我们除了坐在这里干等以外,什么也干不了!

(他从椅子上跳起来,走向火炉。)

露斯 (迟钝地)他跟往常一样 —— 胡说八道 —— 不过这一次听起来 —— 不大合情理,你看是不是?

安德鲁 我说不上来。他跟我说的那些话,也有些道理,尽管按照他对事情的看法,说得天花乱坠。可是 ——(他敏感地望着露斯)你想想看,为什么他要我们答应 ——(混乱地)你知道他是怎么说的。

露斯 (迟钝地)我想他是在胡思乱想。

安德鲁 (自信地)不,他的话有些背景。

露斯 我想,他要弄弄清楚,在他去世之后,我的生活是不是有保障。

安德鲁 不对,不是那个意思。他知道得非常清楚,不用像他说的那样,我也会好好照料你。

露斯 也许他想起了 —— 五年以前,你从外面回家时所发生的事。

安德鲁 什么事? 你说的是什么?

露斯 (迟钝地)我们吵了一架。

安德鲁 吵了一架? 那跟我有什么关系?

露斯 也可以说 —— 是因为你。

安德鲁 （吃惊）因为我？

露斯 是的，主要是为你。你知道，我跟罗伯特结婚不久，我就发现我犯了一个错误——可是已经来不及了。

安德鲁 错误？（慢吞吞地）你是说——你发现你并不爱罗伯特吗？

露斯 是的。

安德鲁 我的上帝！

露斯 后来我想，等生了玛丽，事情就会两样，我就会爱他；但是事情并不像想的那样。他不会办事又老看闲书，叫我受不了，我渐渐恨起他来。

安德鲁 露斯！

露斯 我没有办法受下去，没有哪个女人能受得了。所以那样，后来我发现，是因为我爱上了别人。（她没精打采地叹气）现在告诉你也没有什么妨碍了——因为一切都过去了——不存在了——死亡了。我真正爱的是你——只是等我明白过来，已经太晚了。

安德鲁 （惊呆了）露斯！你胡说些什么呀！

露斯 一点不假。（突然声色俱厉）我怎么能受得了呢？没有哪个女人能受得了。

安德鲁 那么——上次我回家的时候——你就爱我了？

露斯 （固执地）我早就知道你第一次离家的真正原因——谁都知道——那三年里面，我一直在想——

安德鲁 我是爱你的吗？

露斯 是的。那天在小山上，你嘲笑你自己过去爱我是多么傻里傻气，我才知道一切都完了。

安德鲁 我的上帝，我从来没有想到 ——（他停下，想起旧事不禁发抖）罗伯特也 ——

露斯 那就是我那时要说的事。在你上次到家之前，我们吵了一架，我气极了 —— 我就把我刚才跟你说的全告诉了他。

安德鲁 （张着嘴对她，说不出话来，过了片刻）你告诉了罗伯特 —— 你爱我吗？

露斯 是的。

安德鲁 （惊慌地避开她）你 —— 你 —— 你这个发疯的傻瓜！你怎么能干出这种事来！

露斯 我受不了啦。不说出来，我实在受不下去了。

安德鲁 那么，我待在家里的时候，他是什么都知道的了！可是他什么都不说，什么表示都没有 —— 上帝，他一定受尽了罪！难道你不知道他是多么爱你吗？

露斯 （迟钝地）知道。我知道他喜欢我。

安德鲁 喜欢你！你真是一个莫名其妙女人！你不能不说吗？难道非折磨他不可吗？难怪他要死了！你们就这样三心二意地在一起待了五年哪？

露斯 我们住在一个屋子里。

安德鲁 他现在还认为 ——

露斯 我不知道。自从那一天以后，我们一个字都不提。从他的举动上看，也许他认为我还是爱你的。

安德鲁 可是你并不爱我。太糟糕了！太愚蠢了！你并不爱我！

露斯 （慢吞吞地）即使让我再试试看，我也不会再有爱的感觉了。

安德鲁 （粗暴地）我也不爱你，那是可以肯定的！（他倒在椅子里，双手抱着头）真是该死，这种事情竟会出现在罗伯特和我中间。在这个世界上，我爱罗伯特比爱谁都厉害，而且始终爱他。在这个世界上凡是对他有利的事，没有哪一样是我不愿意干的。可是偏偏我成了他的祸害——真是该死！我有什么脸再去见他？现在我对他还能说些什么呢？（他气急败坏地呻吟着，稍停之后）他要我答应——我怎么办呢？

露斯 你可以答应——只为了叫他安心——并不一定要照着办。

安德鲁 什么？现在，当他快要死的时候，还要向他说谎吗？（断然地）那不行！要是一定得说谎，你倒是该说说。你现在有一个机会，去解除你带给他的一切痛苦。进去见他！告诉他你从来没有爱过我——完全是错误。告诉他，你所以那么说，是因为你发了疯，不知道你在说些什么！告诉他能使他安心的什么话和任何的话！

露斯 （迟钝地）他不会相信我的。

安德鲁 （生气地）你一定要叫他相信你。你听见没有？你一定要去——现在就去——快——说不定你会来不及的。（她迟疑时，他恳求地）看在上帝面上，露斯！难道你不知道你对不起他吗？要是你不去，你会永远后悔的。

露斯 （迟钝地）我去。（她没精打采地站起来，慢慢地朝卧室走去）不过不会有什么好处。（安德鲁的眼睛焦急地盯在她身上。她打开门走进屋去。她在屋里停了片时，随后大声惊叫起来）罗伯特！你在哪儿？（她连忙跑回来，吓得发抖）安德鲁！安德鲁！他不在了！

安德鲁 （误会了她的意思——他的脸吓得发白）他不是——

露斯 （打断他——歇斯底里地）他不在屋里！床上是空的。窗户大开。他一定是爬到院子里去了！

安德鲁 （跳起来，冲进卧室，立刻又回来，脸上带着一副惊异的表情）来！他不会走远！（拿起他的帽子，他抓住露斯的手臂，推着她向门口走去）走！（打开门）我们希望——（门随后关上，切断了他的话。）

〔幕落〕

第二场

景：和第一幕第一场一样——乡下大路的一段。东方的天空已有亮光,一条细细的、颤动的红线正沿着暗色小山的边缘慢慢铺开。大路旁边仍然浸沉在黎明的灰色中,隐约而模糊。前面的田野有一种荒芜未耕的面貌,好像是夏天留下来的休耕地。后面的蛇形栅栏有几部分坍了。苹果树没有叶子,似乎是死的。

〔罗伯特从左边摇摇晃晃走上,没有气力。他跌进沟里,躺了片刻;随后费力地爬到可以看见日出的堤岸上,虚弱地倒了下去。露斯和安德鲁从左边顺着大路急急忙忙跑来。

安德鲁 （停下,四面张望）他在那儿！我知道！我知道我们在这里会找到他。

罗伯特 （当他们跑近他身边时,他想抬起身子坐起来——带着倦容的微笑）我以为我可以溜掉哩。

安德鲁 （带着和气的威吓）你溜不掉,你这个调皮蛋。我们要马上送你回去，回到床上去。(他预备要架起他来。)

罗伯特　　不要，安德鲁。我跟你说，不要。

安德鲁　　你痛吗？

罗伯特　　(简单地)不痛。我快要死了。(他虚弱地倒下。露斯一面哭，一面坐到他身边，让他的头枕在她膝头上。安德鲁站在那里无可奈何地俯视着他。罗伯特的头在露斯的膝头上不停地转动)再回到那间屋里去，我可受不了。好像我这一辈子都关在那间屋里似的。所以我想我要试一试，像我希望的那样，来结束我自己——如果我有勇气——一个人——在开阔的大路旁边的一条沟里——眼望着日出。

安德鲁　　罗伯特！不要说话。你是在消耗你的体力。休息一下，我们就抬你——

罗伯特　　还抱着希望吗，安德鲁？不用啦。我知道。(一顿。他呼吸困难，睁着眼睛竭力望着天边)太阳出来这么慢。(带着一种讽刺的微笑)大夫告诉我到遥远的地方去——我的病就会好。他说得对。对我来说，那永远是个好方子。不过——这一辈子——来不及了。(一阵剧烈的咳嗽使他浑身乱颤。)

安德鲁　　(带着嘶哑的哭声)罗伯特！(面对命运，无可奈何，气得他攥紧拳头)上帝！上帝！(露斯痛哭，拿她的手帕揩罗伯特的嘴唇。)

罗伯特　　(他的声音里突然回响着幸福希望的调子)你不要为我难过了。你没有看见，我最后得到幸福了——自由了——自由了！——从农庄里解放出来——自由地去漫游——永远漫游下去！(他用臂肘撑起身子，脸上容光焕发，指着天边)瞧！小山外面不是很美吗？我能听见从前的声音呼唤我去——

(兴高采烈地)这一次我要走了。那不是终点,而是自由的开始——我的航行的起点!我得到了旅行的权利——解放的权利——到天边外去!噢,你应该高兴——为我高兴!(他虚弱地倒下去)安德鲁!(安德鲁俯身向他)记住露斯——

安德鲁　　我一定会照顾她的,我向你发誓,罗伯特!

罗伯特　　露斯受了罪——记住,安德鲁——只有通过牺牲——天边外的秘密——(他突然用剩下的最后气力抬起身来,指着天边,天边上,日轮的边边正从小山的边缘往上升)太阳!(他的眼睛盯住太阳瞅了片刻。他的喉咙里发出咯咯的响声,他喃喃说)记住!(他向后倒下去,不动了。露斯发出一种恐怖的喊叫,跳起来,发着抖,双手蒙住眼睛。安德鲁在他身边跪下一条腿,伸一只手摸摸他的心房,随后恭恭敬敬地吻吻他弟弟的前额,站了起来。)

安德鲁　　(面向露斯,尸体横躺在他们中间——用一种沉闷的声音)他死了。(突然发怒)该死,你没有告诉他呀!

露斯　　(可怜地)不用我骗他,他已经很幸福了。

安德鲁　　(指着尸首——气极,浑身发抖)这都是你干的,你这个该死的女人,你这个胆小鬼,你这个杀人凶手!

露斯　　(哭泣)不要骂我,安德鲁!我没有办法呀——他也知道我多么受罪。他跟你说过——要记住。

安德鲁　　(盯了她片刻,他的怒气消了,他的脸上逐渐露出深切怜悯的表情。于是他低头望望他弟弟,用一种哀怜的声音伤心地说)原谅我吧,露斯——看在他的面上——我会记住的——(露斯从脸上放下她的双手,莫名其妙望着他。他抬起头来望着她的眼睛费劲地结结巴巴地说)我——你——我们两个把事情搞得一团糟!我们一定要互相帮助——到了一定时候——我们会懂得什么是该做的——（不顾一切地）也许我们——（可是露斯，如果她听见他的话，却没有做任何表示。她默默不语，迟钝地，带着悲哀、惭愧和精疲力竭的神情望着他，她的头脑已经沉入麻木之中，再也不会受到任何希望的干扰了。）

〔幕落〕

—— 全剧终

Beyond the
Horizon